ある出会い

ヘレン・ビアンチン
本戸淳子 訳

DEVIL IN COMMAND

by Helen Bianchin

Published by Harlequin Japan,
a Division of K.K. HarperCollins Japan, 2025

ヘレン・ビアンチン

ニュージーランド生まれ。想像力豊かな、読書を愛する子供だった。秘書学校を卒業後、友人と船で対岸のオーストラリアに渡り、働いてためたお金で車を買って大陸横断の旅をした。その旅先でイタリア人男性と知り合い結婚。もっとも尊敬する作家はノーラ・ロバーツだという。

◆主要登場人物

ステイシー・アーミテッジ……理学療法士。
トリーシャ……ステイシーの妹。
ポール・レイアンドロス……実業家。
ニコス……ポールの息子。
ミセス・レイアンドロス……ポールの母親。
クリスティーナ・グーランドリス……ポールの女友達。

1

ステイシーは水たまりをよけながら、にぎやかな大通りの交差点を渡ると、小走りに商店街の軒下にかけこんだ。

メルボルンではこの冬いちばんの寒い日だった。おまけに冷たい雨が降っている。ため息まじりに、店のウインドウに映る自分の姿に目をやって、ざっと点検する。ほっそりとしたしなやかな体つき、くっきりときわだった顔立ち、肩までの長さにのばした豊かに波打つ栗色の髪――でも、うぬぼれるほどきれいだとは思っていない。

今の彼女は、はなはだ不愉快な用向きをかかえている。めあての高層オフィス・ビルに着くと、一階のロビーで足を止めて、じっと考えこむように案内の掲示板をみつめた。

レイアンドロス商事のオフィスは十五階にある。やがてステイシーは力まかせにエレベーターを呼ぶボタンを押した。誇らしげにあごを上げ、緑色の斑点(はんてん)が浮かぶ薄茶色の瞳は闘志に燃えてきらきらと輝いている。

深々としたカーペットを踏んで受付のデスクに歩み寄る彼女を、ちょっと詮索(せんさく)するようなまなざしが迎える。ステイシーはさりげなくその視線を受けとめた。「ポール・レイアンドロスを」

とたんに受付嬢の顔は事務的な表情に変わった。「ミスター・レイアンドロスは、ただいま会議中です。何時のお約束でしょう?」

「約束はないの。だけど、彼は会うはずよ」ステイシーは自信たっぷりな笑顔をつくり、いくぶん強調するようにつけ加える。「ミス・アーミテッジです」

ほんの一瞬、受付嬢の表情にためらいが見えた。「すこしお待ちください。秘書に電話して、会議が終わる時間をきいてみます」

まもなく、ステイシーは、壁に一定の間隔を置いて地味な版画が飾られた広い廊下を通って、ゆったりとした豪華な応接室に案内された。窓からは、南ヤラ川の景観が一望のもとに眺められる。はやる気持を落ちつけようと、ステイシーは備えつけの雑誌を手にとって、ぱらぱらと頁をめくり始めた。

時間は刻々と過ぎて、十五分が三十分になり、一時間近くなったころにようやく、各種の企業を傘下に持つ大財閥の総裁との面談を果たすことになった。

トリーシャからさんざんのろけ話を聞かされてはいたけれど、その人物が発散する迫力に、ステイシーは思わずたじろいだ。いかにもギリシア系らしく、がっしりとした上背のある男で、祖先ゆずりの気むずかしそうな、驚くほど荒削りでいかつい風貌(ふうぼう)に、黒檀(こくたん)のような黒い瞳が光っている。きっと、横暴な男なんだわ。それに、危険な相手でもある、とステイシーは見てとった。容赦のない、威嚇するような態度に加えて、どこか冷酷な雰囲気を感じさせる。

「ミス・アーミテッジとおっしゃいましたね？」よく響く深い声。尊大で、しかもぞっとするほど慇懃な口ぶりだ。

「ステイシー・アーミテッジです。ステイシーは内心の不安を押し殺す。「トリーシャの姉の……」いわくありげに、妹の名を言ってみる。

おや、というように、男の片方の眉がアーチ型をつくった。「何かわたしにご用件でも？」

「わたし、丁重なご挨拶を述べにうかがったわけではございませんのよ、ミスター・レイアンドロス」ステイシーは思いきって反撃に出た。

「ほう。それでは何をしにおいでになったのかな、ミス・アーミテッジ？」男は皮肉たっぷりな口調できくと、真正面から尊大な視線を向けてくる。

「トリーシャを知らないなんておっしゃるんじゃないでしょうね？」ステイシーの目に、抑えきれない敵意がきらめきだす。

「いかにも、お妹さんは存じあげていますよ」彼は何食わぬ顔で答える。ステイシーは愚弄するような笑い声をあげた。

「まあ、ミスター・レイアンドロス——存じあげてるなんて、言葉が控えめすぎやしませんか?」

「おつき合いがある、とでも言うべきかな?」

「愛人だとおっしゃったらいかが?」ステイシーは怒りにまかせて言ってのけた。

鋭い視線はたじろぐようすもなく、じっとステイシーを見据えている。そのまま、彼はシガレットケースとライターを手もとに引き寄せ、細い両切りの葉巻をとり出すと、唇の間にはさんで火をつけた。

「ずいぶんはっきり言うじゃないか」細い煙の輪を吐き出しながら、彼はおもむろに口を開いた。「確かな事実の裏づけがあって言ってるんだろうね?」

ステイシーは気持を落ちつけるように深く息を吸いこんだ。「ミスター・レイアンドロス」いったん口もとを引きしめる。「あなたは妹をいくつだと思ってらっしゃるの?」

まるで投げやりな、どっちでもいいといった態度で、彼はちょっと肩をすくめた。「そんなことが重要なのかい?」

「もちろんですわ!」ステイシーは憤然として答える。

「きみはこのことをいささか深刻に考えすぎてるんじゃないのかな?」ポール・レイアンドロスは軽くいなすように言った。「ご両親なら——もしも心配なさるとしたら、それは親御さんの問題だろう」

「両親は亡くなりました。トリーシャには、わたしがただひとりの肉親なんです」

「ははあ、なるほど――それできみが保護者の役目を買って出たっていうわけか」

いやなやつ、ひとをばかにして喜んでる。あの憎らしい横面をひっぱたいてやりたい！　そんな衝動をけんめいに抑えて、ステイシーはあらためてきいた。「わたしの妹を、いくつだと思ってらっしゃるの、ミスター・レイアンドロス？」

「十九……二十歳かな。ともかく、年齢に不足はないと思うがね」

いきなり、鋭い平手打ちの音が、静かな部屋に大きく響き渡った。あとは凍りつくような沈黙があたりを支配した。

目のうえ数センチの距離から、怒りをみなぎらせた男の黒い瞳が、刺し通すように迫ってくる。ステイシーは身じろぎもせず、その視線をにらみ返す。

「もういちどやってみろ」ポール・レイアンドロスは暗い濁った声で言った。「こんどはただではすまさないぞ」

「わたしを脅すつもり？」

黒檀のような瞳はステイシーの顔を離れ、ほっそりとした肢体をつたって、しなやかな靴の先まではいおりると、またゆっくりと元へ戻った。「脅しだと思うのかい？」

ステイシーの背筋を震えが走った。恐怖を見破られないように、必死で勇気を奮い起こす。「お似合いな年頃のお相手がいくらでもいらっしゃるでしょうに……。それとも、おとなの女には飽きてしまったの？　だからって、父親ほどにも年が違う男とのデートを断る分別もない、十六歳の少女にまで手を出していいものかしらね！」

彼の目は憤怒を宿してぎらりと光った。が、すぐにまぶたがそれをおおい隠す。「よく考えてものを言うんだな、ミス・アーミテッジ。さもないと、名誉毀損できみを訴えることになりかねないぞ」

火のように燃える瞳で、ステイシーは彼を見返した。「訴えるのはわたしのほうだわ。無邪気な子供を誘惑した罪でね！」

「まったく、どこまでわたしを怒らせる気なんだ。もう、がまんできん！」ポール・レイアンドロスは声を荒らげてそう言うと、こぶしを固め、もう一方の手のひらに叩きつけた。

「お引きとりねがおう――今すぐに！」彼はつかつかと部屋を横切り、出口に立ってドアを開けた。

「トリーシャと会うのをやめてくださる？」ステイシーはなおも食いさがろうとしたが、不気味な怒りをたたえた表情に出会い、身がすくんだ。

「失礼する、ミス・アーミテッジ」

もはや、とりつくしまもない。彼を張り倒してやりたいくやしさをかろうじて抑え、ステイシーはつんとあごを上げて彼の前を通り過ぎると、飛ぶように廊下をいそいでエレベーター・ホールへ向かった。

それから五分後、自分の小さな車に乗りこんで、市の北のエッセンダンへ向けてスタートさせながら、ステイシーは苦い思いをかみしめていた。たしかにポール・レイアンドロスは侮りがたい力の持ち主なのだ。そんな相手と、出会いの瞬間から火花を散らし、協力を得るどころか、逆に敵にしてしまった。

この六年間、ステイシーはむしろ自分からすすんでトリーシャの親代わりを務めてきた。八歳に近い年の差はあるけれど、向こう見ずなトリーシャの言動を見ていると、自分がまるで、伝説のユダヤの族長メトセラみたいに、途方もなく年寄りじみた気分にさせられる。トリーシャの子供っぽい脱線ぶりはひどくなる一方で、高校時代には何度か校長に呼び出され、退学の警告を受ける始末だった。頭は悪くないのに勉強がきらいで、去年から就職している。週末には給料をもらえる魅力にひかれて、どうやらまじめに勤めているようすに、ステイシーはやれやれとひと安心したところだった。

そこへ最近、またしてもステイシーの悩みの種が持ちあがった。トリーシャがずっと年上の男とつき合い始めたのだ。なんとか妹に分別をわきまえさせようと、ステイシーは何週間ものあいだ、なだめたりすかしたり、叱りつけたりしたあげく、双方とも神経が参ってしまった。そして、一週間ほど前から、二人は口をきかなくなり、必要な連絡は紙に書いて冷蔵庫の扉にマグネットでとめておくという状態になっていた。

ひとりの男のために、姉妹がこんなにも悩まされるのには、もうがまんできない。このへんできっぱり片をつけるべきだと、ついにこの日、ステイシーは決心したのだった。

結局、事態をうまく解決しようという試みは、みじめな失敗に終わった。けれども、ともかくトリーシャの年齢だけははっきりさせたのだから、あるいはポール・レイアンドロスも、年端のいかない少女とのつき合いを考え直してくれるかもしれない。あまりあてにはならないけれど、今はそれを期待するほかはない。そう自分に言い聞かせながら、ステイシーは愛車のミニを病院の職員用駐車場にすべりこませた。

リハビリテーションの療法士という職業は、とてもやりがいがある。王立小児病院での二年間の経験を通じて、やっと、障害を克服しようとする子供たちの粘り強い意欲を引き出せるようになった。

事務所で担当の病室を確かめてから、エレベーターに乗って、外科の病室へ行く。新しい患者が三人いた。麻痺（まひ）のために、半分眠ったような青白い顔をしている。ステイシーは、ひとりずつ名前を呼びかけながら、手足の運動と呼吸法を指導し始めた。

やがて六時をまわったころには、都心からさほど遠くないところにあるアパートに帰っていた。並木通りに面した、三軒続きの小ぎれいな建物である。

トリーシャが帰ってきた気配はなかった。いつものことだが、やはり心配しないではいられない。ステイシーは深いため息をもらし、夕食の支度にとりかかった。二人分の食事を用意して、ひとりで食卓に向かう。電話を心待ちにするうちに、夜はふけた。

十一時過ぎ、ポーチの明かりをつけて、寝室に引きとる。ベッドへ入ろうとしたちょうどそのとき、ホールでけたたましく電話のベルが鳴りだした。

「ステイシー！ ああ、よかった！」トリーシャの声が耳に飛びこんでくる。「ねえ、あたしを迎えにきてくれない？」

ステイシーはいらだちを抑え、ひと呼吸おいて答えた。「どこにいるの？」

「病院よ。でも、あわてないで」トリーシャは早口で続ける。「あたしはなんともないの。ちょっと事故があって――たいしたことなかったのに、救急車のひとが、病院で検査を受けてからでないと帰っちゃいけないって言うから」そして、病院の名を告げると、ステイシーには話をする間も与えず、電話を切った。

二十分後、ステイシーは救急病棟にいた。トリーシャはとても元気そうで、見たところけがをしているようすはない。

「あたしは大丈夫。行きましょう、こんなところにいるとおかしくなっちゃうわ！」顔を見るなり、トリーシャはせきたてた。

いったい何が起こったのか、ステイシーはきいてみる気にもならなかったが、それから三日後にすべてを知らされた。法律用語を連ねた手厳しい文面の手紙が届いたのだ。

手紙の内容もさることながら、末尾に力強い筆跡で記された飾り文字の署名を見たとき、ステイシーは愕然（がくぜん）としてそばの椅子にすわりこんだ。ようやく気をとり直すと、理不尽な怒りがこみあげた。

すぐさま電話機に向かい、きゅっと唇を結んでダイヤルをまわす。トリーシャの屈託のないはずむような声が答えると、待ちかねたようにいきなり質問をぶつける。

「このあいだの夜の車――あなたが運転していたの?」

「ステイシーね?」トリーシャの声はとたんに不機嫌になる。「どうしたのよ。何かあったの?」

ステイシーは手がしびれるほどきつく受話器を握りしめて、感情の爆発をこらえた。

「むだ口はよしなさい、トリーシャ。大事な問題なんだから。あなたが車を運転してたの?」

「いやだ、わたしが免許を持ってないの、知ってるくせに。運転なんかするはずないでしょ」

「あなたならどんなことでもやりかねないわ。だけど、こんどのことは――もしほんとうだとしたら、いくらなんでもひどすぎるわよ。さあ、どうなの、車を運転していたのはあなただったの?」

電話口の向こうで、長い沈黙が続いた。やがてあきらめたように、トリーシャはのろのろと答える。「ええ、まあ。ほんの二、三分……」

「冗談じゃないわ! どうしてそんなばかなことを! 免許もなく車を運転してはいけな

いことくらい、ちゃんとわかってるでしょう」

「おもしろそうだから、ちょっとやってみただけよ。けが人が出たわけでもないのに、何をそんなに怒ってるのかわかんないわ」

「ほんとに、しようがない子ね！　ごめんなさいですむと思ってるの？　あなたが勝手に運転した車、それから、あなたがぶつけた車の損害は、どうするつもり？」ステイシーの声は一オクターブもはねあがる。「言ってごらんなさい、トリーシャ？」

「そんなの保険でカバーできるんじゃない？」

「だれの保険？」ステイシーはぴしゃりと言った。「そもそも、あなたには事の次第がちっともわかっていないようね？」

「それ、なんのこと？　何を言ってるの？」

「ポール・レイアンドロスから、あなたがぶつけた車の損害賠償を求める手紙がきたわ。その件について話し合うため、わたしが明日、彼のオフィスへ行かなきゃいけないのよ」

はっと息をのむ気配があった。しばらくして、トリーシャは小声でたずねた。「ポールから？」

「そう――ポールよ。彼と会う前に、わたしが聞いておくべきことは、ほかにはないんでしょうね？」

「まるで犯罪事件みたいな言いかたをするのね」トリーシャはむくれたように言う。ステイシーは一瞬目を閉じて怒りを抑えた。

「これはれっきとした犯罪だわ——間違えないでちょうだい。今まで何度もあなたの尻ぬぐいをしてきたけれど、こんどばかりはそううまくいくかどうかわからないわよ」

「ステイシー、あたし、もう行かなくちゃ。勤務中だもの」トリーシャは長いため息をついた。「またあとにして」

「今夜は帰るんでしょうね?」

「わかんない。パムが泊まってくれって言ってるの。かまわないでしょ?」

いけないと言ってみたところで結果は同じだ。「明日はわたしが帰ってきたとき、ちゃんと家にいるって約束なさい!」

「オーケー。じゃあね」トリーシャはそう言って、がちゃんと電話を切った。

奇跡でも起こらないかぎり、幸運くらいではこの事態を救うことはできそうもない。ステイシーは暗澹たる気持を抱いて、つぎの日の朝、ポール・レイアンドロスの会社を訪れた。あの居丈高で傲慢な実業家とまた顔を合わせるのかと思うと、胃のあたりがよじれるように痛くなってくる。彼の執務室へ入るとき、うわべの冷静さを装うのに一大決心が必要だった。

「わたしにお会いになりたいそうですね、ミスター・レイアンドロス?」ステイシーは彼のデスクのすこし手前で足を止め、声をかけた。

ポール・レイアンドロスは広大なガラス窓ごしに下の通りを眺めていたが、おもむろに振り返ると、まるで値ぶみでもするように、ステイシーの頭から足の先までゆっくりと視線をはわせた。彼は見るからにエネルギッシュな感じだ。地味な色合いのビジネス・スーツを身につけてはいても、どきっとするほど生の男っぽさが漂い出している。

「あなたが妹さんの責任をとる、そうだね?」ステイシーはうなずく。「わたしの手紙を読んで、妹さんと話をしたと思うが」

「ええ」ひと言、きっぱりと答える。

彼はわずかに身動きをした。片手をズボンのポケットにすべりこませ、目はじっとステイシーをみつめている。「彼女がなんと言ったか、聞いてみたいものだね」

ステイシーの肩がこわばり、警戒するような表情になる。「トリーシャは車を運転したことを認めています」

「それだけ?」

「妹は運転免許を持っていません」ステイシーが硬い口調で言うと、彼の顔がかすかに渋面になる。

「きみの妹さんは免許証を持っていないばかりか、仮免許も持っていなかった。むろん、それは承知してるだろうね?」

「もちろんです。前置きはそのくらいにして、要点を言っていただきたいわ」

「問題はまだある」ポール・レイアンドロスはわざとじらすように言った。黒い瞳が、磨かれた瑪瑙（めのう）のように光っている。「わたしの甥（おい）が、無断でわたしの車を持ち出した——その理由は、妹さんにいいところを見せたいためだったらしい」そこでちょっと間を置いて、話を続ける。「ありのままに言えば、きみの妹さんは甥を説き伏せてキーを手に入れた。彼はすぐに考え直して、とり戻そうとしたというんだがね」容赦のない視線がステイシーに突き刺さる。「あいにく、それができなかった。妹さんはいっさいの法を無視して、ハイスピードで車を飛ばしてしまった」

「わかりました」ステイシーはのどを締めつけられるような声を出した。

「そうかな、ミス・アーミテッジ？」皮肉をにじませて、彼はきいた。「ぶつけられたロータス・エランの持ち主は過失訴訟を起こすと言っている。その金額は、車の損害賠償を合わせると、途方もないものになる」

その金額を聞いて、ステイシーは思わずあえぎ声をもらした。ショックのあまり、顔から血が引いてゆくのがわかった。

「まさか、本気じゃないんでしょう？」

彼の顔に意地の悪い笑みが浮かぶ。「そのうえ、わたしのフェラーリの無断使用の問題がある。他人の物の盗用は重大な罪だからね」

「ご自分の甥御さんを告訴なさるの？」

「きみの妹さんをだよ、ミス・アーミテッジ」

「まあ！　ひどいわ、そんなこと！　妹はどうなると思ってらっしゃるの？」わらをもつかむ思いで、ステイシーは懇願した。「わたしの全財産をはたいてでも、請求額をなんとか工面します。賠償については、いくらか話し合いの余地があるんでしょう？」頭のなかを、あわただしく数字がかけめぐる。「預金と……それからわたしの車も……」

「きみは、忠誠心をはき違えてるんじゃないのかね？」

「いくらトリーシャに自分の過ちを反省させる必要があるといっても、裁判にかけられるのを黙って見ているわけにはいきません。わたしの財産を残らず失うことになろうとも！」

「全財産をはたいても足りない場合はどうする？」

「時間の猶予をねがうわ」

「ぼくが納得するとでも思うのかね？　つい四、五日前、きみはぼくを侮辱した、そのうえ暴力行為にまで及んだんだ」

ステイシーはけんめいに自分を抑えた。瞳の緑色が燃えたつようにきらめく。「わたしを怒らせたからよ」負けずにそう言い返すと、彼のあごの筋肉が目に見えて引きしまる。

「それはこっちの言うことだろう」

「だって当然でしょう！　一カ月以上も、あなたは妹をデートに誘っては、あちこち連れ歩いていたんですもの。学校を出て半年にもならない、まだ十六歳の少女をね！　トリーシャはあのとおりきかない子だから、いくら言ってもわかろうとしないし、あなたと話をつけるよりほかに方法はなかったわ」

彼は口を閉ざしたまま、ひたと彼女に目を据えた。険しい表情の裏にどんな考えが隠されているのか、まったく読みとれない。しだいにステイシーは、催眠術にかかったように――ちょうど恐ろしい蛇に見すくめられた餌食みたいな気分になっていった。

「ぼくがきみの妹さんを連れ歩いた？」ポール・レイアンドロスは、ばかにもの柔らかな声できいた。「証拠があるのかね、ミス・アーミテッジ？」

「トリーシャから聞いて……」

「ははあ、トリーシャか。さてはあのお嬢さん、いろいろわけがあるとみえる」

ふと、疑念がステイシーの頭をかすめた。額にしわを寄せて、彼の言葉の意味を考える。

「あなたとお食事に出かけたり、お宅に招かれたり……」

「ちょっと待った。きみの妹さんは二度、ぼくと同じテーブルで食事をした――一度はわが家のホーム・パーティ、もう一度は街のレストランで偶然、一緒になった。どちらも彼女のお相手はぼくの甥だった」

「それ、ほんとうなんでしょうね？」

「こんどはうそつきの汚名を着せるつもりかい？」

ステイシーは動揺を隠しきれず、目のやり場に困った。「でも、わからないわ。トリーシャは甥御さんの名前をいちども口にしたことがないんです」

「故意に名前をすり替えてたんだろう」彼はステイシーに背を向けると、窓辺に立ち、じっと下の通りに目を注ぐ。

長い沈黙が流れ、やがてステイシーは静かな声で言った。「わたし、おわびを言わなければいけないようですわね」

「言葉だけでは足りないよ、ミス・アーミテッジ」心に突き刺さるような冷ややかな口調。ユーモアのかけらも見えない笑顔をちらと目にした瞬間、ステイシーは心臓が凍りつくような気がした。

「ビジネスに私情を交えてはいけない――きみはそんなことも知らないのかね?」

ステイシーは息をのんだ。絶望と怒りが一緒になって、苦痛をあおりたてる。「つまり、あなたは寛大な措置をとる意思がまったくないとおっしゃるのね?」

「ぼくの家系はギリシア人だ。名誉を傷つけられれば復讐するのが当然と考える」

「復讐ですって! いったいどういうこと?」

「きみの資産のすべて」彼は容赦なく続ける。「車……預金。ほかには?」

ステイシーは頭を起こし、せいいっぱいの自負心を示した。「株をいくらか」

「しかし、賠償額にはとうてい及ぶまい。そのほかなんらかのかたちで提供できるものは?」

「ほかに資産といえるものはありません」彼女はきっぱりと答えた。デスクの上のペーパーウエイトをもてあそんでいる彼の目が細くなる。

「きみ自身がひとつの資産だとは考えないのかね?」

ステイシーの頭のなかで、目がくらむような怒りが炸裂した。「どういう意味? 何が言いたいの?」

彼の笑顔は皮肉にゆがんだ。「まさか、それがわからないほどうぶじゃないだろう、ミス・アーミテッジ」

ステイシーの顔はかすかに朱を帯び、たちまち蒼白に変わった。「わたしが支払いの代償にセックスを提供するとでも思ってらっしゃるの?」息がつまり、目は火のように燃えあがる。「そんな……とんでもないことだわ!」

「鉄壁の構えってところだな」彼はからかうように言った。ヴェルヴェットのようになめらかな声の調子が、ひんやりと背筋をなでられるような恐怖を覚えさせ、ステイシーはぞくっと体を震わせた。そんな彼女を、彼は考え深げに見つめている。「そういう強情なところを手なずけるのは、なかなか興味ある仕事になりそうだ」

「よしてちょうだい! あなたにそんな機会があるもんですか!」

彼は声を出さずに笑った。黒い目が光る。「いや、ぼくはやってみせるよ」執拗な表情をたたえて、彼はデスクをまわってステイシーの正面に立ち、デスクの端に寄りかかった。

「ぼくの妻として、きみは資産のひとつになる。法的契約、つまり現物払いというわけだ」

「あなた、どうかしてるんじゃない？　たとえ地上にひとりも男がいなくなったって、あなたとなんか、絶対に結婚しません！」

ポール・レイアンドロスのまなざしは、二人を隔てる空間を貫いて鋭く迫ってくる。

「ぼくは結婚の申し出をしてるんだ。幸運だと思いたまえ」

「あら、どうして？　わたしがほっとして気絶でもすればご満足？」ステイシーは目の前の堂々とした体に視線を走らせた。「あいにく、わたしは売り物ではありません」

ゆっくりと、彼は葉巻を一本とり出し、火をつけると、満足そうに煙を吐いて、彼女に目を戻す。「よく考えるんだな。いったんこの部屋を出たら最後、もはやとり返しはつかないんだぞ」

ステイシーは絶体絶命の窮地に追いこまれた。彼の脅しの言葉が、頭のなかで渦を巻く。

「もう一台の車の持ち主が告訴をとりさげる保証は？」

「金だよ。金さえ十分に支払えば、どんな人間でも納得するものだ」

「ずいぶん自信がおありのようね、ミスター・レイアンドロス。結婚の無理強いは犯罪行為なのよ」

「やれやれ、ぼくは説得してるつもりだがね」

「強制です！　ほんとにもう、なんて憎らしい、いやなひとなの！」

「好きなだけ憎むがいい」彼は平然としたものだ。

「わたしと引き替えに、妹のことはきっぱり忘れてもらいます」ステイシーは吐き出すように言うと、頭をかしげた。「囚人にも刑期は知らされるはずよ。どのくらい、ミスター・レイアンドロス？」

「そうだな——金額から推して二年ってとこだ」

「その期間は、わたしができるだけ地獄みたいな生活にしてあげるわ！」

「復讐かい、ステイシー？」

「ナイフがあったら、殺してやりたいくらい！」

彼は笑いだす。「これはたいへん。よく覚えておくよ」

やにわに、ステイシーは手近にあるもの——革のショルダー・バッグ——を彼めがけて投げつけた。彼はそれを巧みに受けとめ、デスクの上に置く。

「おいで、これをとってごらん」妙に柔らかい声で誘いながら、手をのばしてステイシーの手を握ると、いともやすやすと、逆らう彼女を自分のほうへ引き寄せる。

「放してちょうだい！」

「子供みたいだな、きみは。自分で攻撃を仕掛けておいて、反撃されそうになると泣きだすんだ。紳士らしくふるまえと言いたいんだろう？」

「あなたは悪魔だわ！」鋼鉄のような腕から逃れようともがきながら、彼女は罵声(ばせい)を浴びせる。

「口に気をつけるんだ、ステイシー。ぼくという人間をよく知りもしないで、言いたい放題を言っていると、あとで痛い目にあうことになるぞ」

「あなたなんか、大きらいよ。ぞっとするわ——考えるだけでも……」

「ベッドでのことをかい？　むろん、しばしばおねがいするから、そう思ってくれ」

「回数をちゃんとつけておかなくちゃ。わたし、安売りはしないわよ！」ステイシーはうっかり口走った。

　磨きあげた瑪瑙のように冷ややかな光をたたえた瞳が、じっとステイシーをみつめる。やがて、いきなり彼は、ぐいとステイシーの体を引き寄せた。彼のベストのボタンが胸に押しあてられる。ゆっくりした動作で、彼の一方の手はうなじにかかり、もう一方の手は背筋をすべりおりて、全身をぴったり密着させる。頑強な筋肉、たくましい太ももの圧力を感じて、ステイシーは震えあがった。

「今ここで、一回目の支払いをする気はないかい？」

　低い、押し殺したような声。激しい感情が、細い糸でかろうじてつなぎとめられているのがわかる。それでもまだ、ステイシーは降伏してしまいたくなかった。「よくもそんなに、動物的になれるわね」彼の両手がさらにきつく締めつけると、声をあげて叫ぶ。「放して！　痛いじゃない！」

　腹立たしげなうなり声をもらして、彼はステイシーの体を突き放した。「帰りたまえ！」頭に手をやって、自分の髪をかきむしる。その手をポケットにつっこみ、彼女に背を向けた。「準備ができしだい連絡する」

　ステイシーは息を荒らげ、恐怖と嫌悪に顔をひきつらせて、じっと突っ立っていたが、やがてくるりと向きを変え、ドアのほうへ歩きだす。そのまま、振り返りもせず、彼のオフィスをあとにした。

2

結婚式は形ばかりのそっけないものになった。空模様も寒々として、のっぴきならぬ事情ゆえにギリシア人の大物実業家と結ばれるステイシーの胸のうちを象徴するかのようだった。

特別誂えのグレイのスーツをりゅうと着こなし、ポール・レイアンドロスは彼女の頭上に肩から上をそびやかしていた。その顔には悠然たる笑みが浮かび、緊張にこわばったステイシーの表情とは対照的だった。

わずか二日のあいだに、ぬかりなくあらゆる手はずが整えられ、しかもそのいっさいが、ステイシーにはなんの相談もなく、一方的にはこばれた。病院を退職する手続きまで、ポールが勝手にやってしまった。今やステイシーは、彼の計略にはまり、自分の人生が彼の意のままにされるのを感じた。

結婚式のためにドレスを買うようなことはしない決心だったが、間際になって気が変わり、あわてて街へ出て、手あたりしだいに、薄いウール地のクリーム色のスーツと靴とハンドバッグを買った。

　このニュースを聞くと、トリーシャはちょっと驚いたが、それっきり、あとはけろりとしてまったく関心を示さなかった。妹のために、ステイシーが結婚という重大な犠牲を払うことになったいきさつは、こうしてあっさり黙殺された。

　披露宴はメルボルン郊外のキューにあるポールの私邸の豪華なダイニング・ルームで催された。身内の集まりで、客は二十人ほどだったが、ポールに前の結婚で息子がひとりあると知って、ステイシーの表情は半ば微笑を浮かべたまま凍りついた。父親そっくりの、ニコスというその少年は、十五歳という年齢のわりにはおとなびて見えた。高価な仕立ておろしのスーツにまばゆいほどの白いシャツ。名門私立校の規律と家庭のしつけが身について、態度は折り目正しく、しかも鷹揚で屈託がない。新しく迎える母親と親しくなりたがっているようだ。溺れる者が救命いかだにすがるように、ステイシーはニコスの友情を唯一の頼りにした。

　うわべはじつに非の打ちどころのない、すばらしいパーティだった。五品以上もの料理とワインがつぎつぎにはこばれ、舶来の極上シャンペンで祝杯があげられた。みごとなウエディング・ケーキまで用意され、型どおりのケーキ・カットのあと、砂糖でくるんだアーモンドを添えて客に配られた。

　いつのまにかコーヒーになり、そのうち、一人また一人と客は散り始める。ステイシーは、トリーシャがいなくなったのも、ニコスが祖母と一緒に帰っていったのも気がつかなかった。そうしてはっと我にかえったとき、目の前一メートル足らずのところに自分を見おろすように立っている、堂々とした風采の、恐ろしく強烈な印象を放つ男と二人きりになっていた。

いらいらと、彼女は薬指にはまったダイヤモンドがきらめくプラチナの結婚指輪をひねくった。逃げるなら今だ――でも、むだだわ。結局は見つけ出され、連れ戻されて、警戒が厳重になるだけだ。

「もうすこし、シャンペンをどう?」

ステイシーは顔を上げ、ポール・レイアンドロスのせせら笑うようなまなざしと向き合った。

「ええ、いただくわ」

彼がグラスを満たすのを無表情に眺め、それを受けとって口をつける。

「ぼくの息子とは話が合うようだね」ボトルをテーブルに戻すと、ポールは言った。

「ニコスはとてもチャーミングな少年ですもの」

「父親と違って、かい?」

「まるっきり違うわ」ステイシーはにべもなく答える。

「今夜のきみはばかにおとなしかったじゃないか」

「わたしにも、多少は礼儀作法の心得があります」

「しかし、二人きりになったら、そんなものはかなぐり捨てる……？」

ステイシーはきっと彼を見つめ返した。

「たとえどんなところへやられても、あなたとここにこうしているよりはましだわ。わたしに、幸せに酔ってるふりをしろとでもおっしゃるの？」

「素直になってくれると助かるのはたしかだ」

「おあいにくさま」ステイシーの声は高くなる。

「あなたに触れられるのをがまんしなくちゃいけないなんて、わたしには苦痛以外の何ものでもないわ」

「ともかく、花嫁にキスをしなくちゃ。きみにとってもすてきな経験になるだろうよ」

「地獄だわ！」ステイシーが吐き捨てるように言うと、彼は笑いだす。

「いまにわかるさ」

「ご期待にはそいかねます」ステイシーはわらをもつかむ思いで言葉をつないだ。「おやめになったほうがいいんじゃない？」

何秒かのあいだ、彼は目を細くして彼女の表情をうかがっていた。それから、ちょっと肩をすくめてみせる。

「きみの言わんとするところが、ほんとうだとすると……」

「疑ってるの？」

「ぼくは女性の生物学的機能についてはかなりくわしいんだ」

「だったら、わたしのお部屋に案内してくれてもよさそうなものね」

「ああ、いいとも。お望みならそうしよう」

ステイシーはほっとして、勢いよくシャンペンを飲み干すと、彼について部屋を出た。

玄関ホールから、カーブした階段が二階に続いている。廊下のはずれでちょっと足を止め、彼がドアを開けるのを待って、さっとなかに入った。

紋織りの上掛けがかかった大きなダブルベッド、マホガニーの家具、一面の壁をおおう紋織りのカーテン。ベッドサイドのランプがほんのりともっている。

「バスルームはあそこだ」ポールは左手のドアを指さした。「必要なものは全部そろえてある。ソフィがきみの荷物をほどいて整理した。しまい場所はすぐわかるはずだ」

「どうも」ステイシーは衣裳戸棚の扉を開けてみる。それから、彼にかまわず、化粧台の引き出しから必要なものをとり出す、バスルームに入って、後ろ手にぴしゃりとドアを閉めた。

ゆっくり時間をかけて服を脱ぎ、温かいシャワーを浴び始める。安堵のため息が唇をもれた。ひとまず計略はうまくいった。これで一晩か二晩くらいは夫の手から逃れられる。

快適な湯の感触、鼻孔にたちこめるかぐわしい石鹼の香りに、ほのぼのとした思いがよみがえる。

シャワーの水音にさえぎられて、ドアの把っ手がまわる音は聞きとれなかったが、ふと、何かが動く気配があって、ステイシーはガラスの囲いの向こうに目を向けた。

ポールだった。腰にタオルを巻きつけただけの姿で、そこに立っている。

「何をしているの？　出ていって！」

「ここはぼくの家なんだよ。忘れたのかい？」ポールは笑いながらそう言うと、ステイシーの体の線をなぞるように、熱いまなざしを送ってくる。

ステイシーはとっさに両腕を合わせて胸を隠した。顔は真っ赤に染まり、激しい怒りが目にきらめく。

「あなたは、たしなみってものを知らないの？　わたしにはプライバシーも与えられないの？　あんまりだわ。恥知らず！　けだもの！」しまいには金切り声になるのを、彼は何食わぬ顔で聞き流し、ガラス戸を引いて、狭い囲いのなかに入りこむ。

「二年間、きみを買った男だ」容赦のない口調、思いやりのかけらもない黒い瞳に見すくめられて、ステイシーはぞっと背筋が寒くなった。

「うっかりきみの口車にのって、男の裸を見るのは初めてかと思いこむところだったよ。なにも上品ぶることはない。運動療法やマッサージの仕事をしていたきみだ、裸の体には慣れてるはずだろう？」

「わたしが働いてたのは小児病院です」身近に迫るたくましい筋肉質の体から視線をそらすようにしながら、ステイシーは言った。

「わたし、出ます。どいてちょうだい。こんなこと、あなたのご趣味かどうか知らないけど、わたしはまっぴらだわ！」

「おや、ほんとうかい？　二十四にもなって、まるで男と一緒にシャワーを浴びたことがいちどもないみたいなことを言うじゃないか」

「どうとでも勝手に思ってらしたらいいわ。さあ、そこをどいてくださる？」

「そんなにいそいでベッドへ入りたいの？」

「まったく、いやになっちゃう！」ステイシーは、くやしくて涙がこぼれそうになった。

「あなたみたいなひとと結婚するなんて、わたし、よほどどうかしてたんだわ！」

「きみには選択の余地はなかった」

「みんなあなたのせいよ。きらいよ、大きらい！」恥ずかしさをかなぐり捨てて、彼女はいきりたつ。

　遠慮会釈もなく、彼の目はせせら笑いを浮かべて彼女を眺めおろしている。「そんなに憎んでみせたってむだだよ。たとえひと晩でも、ぼくがきみをひとりきりにすると思うのかね？」

　ステイシーはしょんぼりと肩を落とした。「いいえ」それから、思いきって顔を上げ、彼の視線を受けとめる。

「あなたはわたしの体を買ったんですものね。好き勝手に利用なさるつもりでしょ。せめてわたしの憎しみがあなたののどにべったりはりついて、何をしようとわたしを喜ばせることができないようになればいいと思ってるわ」

捨てぜりふのようにそう言って、彼のそばをすり抜けようとした瞬間、ぐいと引き戻された。恐怖に胃がちぢみあがる。ステイシーはこぶしを振りかざして彼の胸を打った。が、岩のように頑丈な壁はびくともしない。たちまち両手首をつかまれ、やすやすと羽交い締めにされてしまう。

「いやはや、たいへんなあばれようだな――まるで強姦されるみたいだ」

「あなたがしようとしてるのは、まさしく強姦だわ」

「きみは肉体交渉を避けるためにもっともらしい言いわけをつくり出そうとしてるだけだ。それが見抜けないほど、ぼくは間抜けだと思ってるのか?」

とんでもない。彼ほどのずる賢い、世知にたけた男が、そんな計略にごまかされるわけはない。ステイシーは絶望に打ちひしがれながら、なおも両手を振りほどこうとしてもがいた。

「わたし、まだあなたをよく知らないわ、だから、もうすこし時間をくださらない?」

「そんなことをして何になる?」黒い瞳はこころもちかげりを増して、彼女の胸にとまった。「明日か明後日まで待てば、今よりいくらかでも楽になるといえるかい？」

ステイシーは憎悪をむきだしにして彼をにらみつけた。「あなたはけだものだわ。身勝手な、情なしの悪魔だわ！」

あいているほうの手で、ポールはシャワーを止めた。「なんとでも言うがいいさ。ぼくに逆らえば、きみの立場が悪くなるだけのことだ」彼はタオルを二枚とって、一枚をステイシーにほうってよこす。「とにかく、ぼくは冗談ごとですますつもりは毛頭ないから、そう思え！」

大きなふかふかのタオルで手早く体を包み、目立たないようにふいてから、彼女はそれをサロンのように巻きつけた。

「もうおしまいかね？」

皮肉のこもった、あざ笑うような問いに、ステイシーはつんとあごを上げて彼を振り向いた。ひとこと言い返してやりたくなるのをかろうじて抑え、バスルームを出る。

化粧台に向かって、ブラシを手にとる。鏡に映る荒れ狂った顔は、まるで他人の顔のようだ。湿ってもつれた髪が痛いのもかまわず、乱暴にブラシをあて始める。

ふと振り返ると、いつの間にかベッドカバーははがされ、毛布は横にはねのけられている。

「こっちへ来なさい」

命令なんか聞くものかと、ステイシーは挑むように彼を見返したが、タオルを腰に巻いて悪魔のような雰囲気を漂わせる姿に、あらためて恐怖を覚えた。わたしが同意しようとすまいと、彼はわたしを自分のものにするつもりなのだ。

「あなたなんか怖くないわ」ばかみたい——ほんとは怖くて震えあがってるのに！

「用心したほうがいい。ぼくは怒ると何をしでかすかわからないからね。それに、忍耐力も限界にきている」

「だからって、子羊みたいにおとなしく、わたしが言いなりになるとでも思ってるの？残念でした、ミスター・レイアンドロス——わたしがほしければ、ご自分でつかまえることね！」

ポールは目がぎらりと光る。ステイシーは声にならない悲鳴をあげ、反射的に身をひるがえしてかけだした。見境もなく。恐ろしいけだもののような男から逃げ出したい衝動にかられて。

三歩と行かないうちに、がっしりと力強い手が肩をつかんだ。狂った動物のように、ステイシーは反撃した。めちゃくちゃに彼に殴りかかり、つめでひっかき、罵声を浴びせる。たちまち彼は一方の手を、ついでもう一方の手をとり、逆手にねじあげる。足で蹴ろうとすると、ぐいと引きつけられた。

「いいかげんにしないか、この山猫め！」彼女は一キロも走ったように息を切らしているのに、彼のほうはこともなげな口ぶりだ。

「放してったら！」

彼はステイシーの体からタオルをはぎとり、いきなり激しく唇を押しつけた。ステイシーはけんめいに歯を食いしばって抵抗する。

突然、ぴしゃりとお尻を叩かれ、思わず口を開く。その瞬間、彼の唇はぴったりと重なった。力強く、温かい唇が、すべてを包みこむように、ステイシーの頭のなかから最後の抵抗を奪いとる。

彼の両手は、ほっそりとした体を慈むように、しなやかなカーブに沿ってさまよう。彼女の口からうめき声がもれた。やがて彼の唇はゆっくりとすべりおり、やさしく、執拗に彼女の感覚を呼びさます。意思に反して、たちまち欲望の炎が体じゅうに燃えあがるのを、ステイシーは感じた。

頭はしびれて渦を巻き、いつしか足が宙に浮いたのも意識しないまま、本能的に、不安定な体を支えるものにしがみつく。電気毛布で温まったベッドに背を横たえられ、ほんの束の間、我にかえると、のしかかってくるポールの体を押しのけようとしてもがき始める。

「やめて、おねがい！」弱々しい叫び声。だが、彼の圧倒的な体力の前にはまるで無力だった。一瞬の苦痛の悲鳴は彼の唇におおわれて、くぐもったうめきに変わる。

しばらく、じっと静かに、彼は体を重ねていた。それから、おびえた子供をなだめるように、甘くやさしい愛撫を繰り返す。しだいに彼女の体の緊張がほぐれ、心はかりそめの安らぎにいざなわれていく。そこへ、ゆっくりと潮が満ちるようなうねりがわき起こった。そのうねりはだんだんと高まり、やがて狂おしい興奮の嵐となって彼女を翻弄する。

あんなに憎みきらった男から、こんな感覚をかきたてられるのはどういうわけだろう――快いほてりに全身を震わせ、朦朧とした頭のなかで、ステイシーはそんなことを考えていた。

カーテンを開ける音がして、ふと目をさますと、まぶしい朝の光がいっぱいにさしこんでいる。ここはどこ？　まばたきするうちに、突然、昨夜の記憶がどっとよみがえる。ステイシーは狼狽を隠し、片手でシーツを引っぱって裸の体を包みながらベッドに起き直った。

「おはようございます。よくおやすみになれましたか？」家政婦のソフィが微笑を浮かべて立っていた。

「ええ……ありがとう、ソフィ」朝食のトレイを受けとって、そっと膝の上に置く。熱いコーヒーの香りが鼻孔をくすぐり、食欲をそそる。

「ミスター・レイアンドロスはお昼をご一緒できないそうです。今夜はお友だちからお食事のご招待があるので、七時までにお支度なさるようにとのおことづけでした」

まあ、ずいぶん勝手だこと――ステイシーはそう思いながらも、口では丁重に礼を言った。

ソフィが出ていくと、ふっくらと柔らかいオムレツに乱暴にナイフを突きたてる。憎らしいポール・レイアンドロス！　けだものだわ、力ずくでわたしを従わせるなんて！　体のあちこちがこわばったみたいだ。きっと青あざがいくつもできているにちがいない。

二杯目のコーヒーを飲み終え、ベッドを出ると、ガウンをはおってバスルームへ向かう。浴槽に湯をはって、香りの高いバス・エッセンスをふんだんに振り入れ、泡のなかにゆったりとつかりながら、今日は何をして過ごそうかと考える。午前中は大きな二階建ての邸内と庭を見てまわるとして、午後はアパートに帰ってみよう。トリーシャはたぶんいないだろうけれど、ひとりで落ちついて考えごとができる。なんとか今夜の招待をすっぽかす方法はないかしら？

そうだわ！　わたしがいなければ、ポールはしかたなくひとりで出かけるだろう。そうなると、いろんな思惑を呼んで、彼が恥をかくのは間違いない。あの尊大な男の体面を傷つけ、辱しめを与えることができたら、こんな痛快な喜びはないだろう。

ステイシーは、赤紫のウールのスカートとクリーム色のセーターを着て、膝丈のスエードのブーツをはいた。簡単に化粧をすませ、階下におりていく。広い家のなかは、上品なクリーム色と淡いグリーンで統一されていた。落ちついた無地の壁に、高価な額絵がくっきりと映え、ラウンジとダイニング・ルームには、淡いグリーンのカーペットを敷きつめた床に、一定の間隔でペルシア絨緞が鮮やかな彩りを添えている。家の裏手にも大きな部屋があって、ニコスのためだろうか、高価なステレオ装置やビリヤードのテーブルが備えつけてあり、天井まで届く本棚には、豪華な初版本がぎっしり詰まっている。ガラス戸の向こうはコンクリートの中庭、その向こうに、大きなプールが見える。

メイン・ダイニング・ルームのほかに、家庭用の小食堂、それから書斎もあったが、ステイシーはちらとのぞいてみただけだった。二階にはすくなくとも寝室が六つとバスルームが三つ。ガレージの隣には、ソフィと夫のアレックスが住む建物がある。すべて裕福な男が贅をつくした快適なすまいであることを物語っていた。

野菜スープと香ばしい焼きたてのロールパンの軽い昼食をすませたあと、スエードのコートをはおって、ソフィにあいまいな言いわけを残して家を出る。

エッセンダンのアパートは、ほとんど昨日の朝出かけたままになっていた。トリーシャはまったく家事を手伝おうとしなかった。わたしがいなくなったらどうするつもりなんだろう――ステイシーはため息をついて、ちらかった部屋を片づけ、洗濯機をまわし、流しに山積みになった皿を洗い始めた。

洗濯物にアイロンをかけ、それぞれ所定の場所にきちんとしまうころ、時計はすでに四時をまわっていた。コーヒーを飲んでひと息いれてから、夕食の用意にとりかかる。トリーシャには、温めればすぐ食べられるようにキャセロールをつくり、自分はステーキとサラダにする。そして、テーブルについたとたん、電話のベルが鳴った。

　受話器をとろうとして、ふと手を止める。トリーシャがだれもいないアパートに電話するはずはないし、彼女の友だちだとしたら、本人がいないのに出てもしかたがない。腕時計に目をやると、六時半だ。ステイシーは電話機から手を引っこめた。ひょっとしてポールかもしれない。今ここで彼に居所を知られては、何もかもぶちこわしになる。

　ひとりで夕食をすませ、後片づけをしていると、こんどは玄関のベルが鳴る。だれだろう？　けげんに思いながら、ふきんで手をぬぐって出ていった。

「ポール！」

　思いもかけない夫の出現に、ステイシーは一瞬、言葉を失った。彼が腹を立てているのはひと目で見てとれた。

「これもぼくの裏をかく計略のひとつなのか？」ポールは低い声でうなるように言った。

ステイシーの頬がしだいに紅潮する。

「あら、どうして？　わたしが家出をしたとでも思ったの？」

「いや。どんなにぼくが憎くても、妹さんのためを考えると、契約を破ることはできないだろう」

「二年間もね！　わたし、頭がどうかしてたんだわ！」

　彼のあごのまわりの筋肉が目に見えて引きしまり、瞳は黒玉のように硬く冷ややかな光を放つ。「ぼくの気性を甘く見るなと警告しておいたはずだ。ぼくをからかうのはほどほどにするんだな、ステイシー。あとで泣くようなことになるぞ」

「まあ、たいへん」ステイシーはわざとらしくそう言うと、あどけない表情で彼を見あげた。

「わたし、罰を受けるの、ポール？」黒い目に険しいきらめきが浮かぶのもかまわず、言葉を続ける。「お手当を減らされるとか――それとも、もっとひどいお仕置きをなさるつもり？」

だしぬけに彼は身動きをし、ステイシーはぶたれるのかと思った。だが、彼は玄関のなかに入り、ぴしゃりとドアを閉めた。「十分間で着替えをして身なりを整えるんだ。もう約束の時間に遅れている」

「わたしは出かけないわよ」

「いや、きみも行くんだ。さあ、早く着替えて」

「行かないわ！」そして、ふとうまい口実を思いつく。「どっちみち、ドレスなんか、ここに置いてないもの」

ポールは小型のスーツケースを椅子の上に投げ出すように置くと、断固とした鋭いまなざしでステイシーをにらみつけた。ふだんなら、そんな目で見据えられると、ゼリーみたいにへなへなとなってしまっただろう。優雅なダーク・スーツの上に、みごとな仕立てのコートを身につけた彼は、これまでにも増して恐ろしく威圧的で、すばらしく洗練されたものごしを見せている。彼に逆らうなんてとんでもないわ。そう思いながら、一方では腹立たしさから反抗心がこみあげてくるのを、ステイシーは抑えることができない。

「そこにドレスと靴を持ってきた。ぼくが電話をするあいだに、いそいで着替えなさい」

「せっかくだけど、あなたと一緒に出かけるつもりはありません」

彼の表情はいちだんと険悪になり、さすがにステイシーも恐怖を覚えた。彼はステイシーをベッドルームに押しやり、声を荒らげて、かみつくように言った。「自分で服を着替えるか、ぼくにやらせるか——二つに一つだ」

「やってごらんなさいよ！」

「ぼくを止められると思うのかい?」いきなりぐいとステイシーをつかむと、乱暴なしぐさでセーターに手をかけ、頭の上から引っぱって脱がせる。つづいて彼の手はスカートのファスナーを探り始める。

「なんてことをするの！」

「時間切れだよ、ステイシー」彼は情け容赦もなくスカートを引きはがし、逆らおうとする彼女を力ずくで押さえつけながら、ドレスを頭からかぶせて着せると、背中のファスナーを上げ、それから鏡台の前に押しやった。

「髪をとかすんだ」彼は命令する。ステイシーは憤りに燃える目を彼に向けた。

「ほんとにもう、あなたみたいなひと知らないわ。なによ、あなたなんか……わ、わたし……」

「悪口も品切れですか、奥さん?」

考えるよりも早く、ステイシーの手は彼の頬に飛んでいた。そして、恐ろしいほどの沈黙。

緊張に耐えかねて、ステイシーが悲鳴をあげようとしたその瞬間、彼は荒々しく唇をかぶせた。力ずくの、懲らしめのキス。ステイシーの目に涙がわいた。乱暴に唇を押しつけられたために、歯にあたった部分が切れたのだろう、すこし血の味がした。

「あんなまねは二度とするなと言っただろう」ポールは厳しい口調で言うと、ステイシーの顔を冷ややかに眺めた。「さあ、顔を直しなさい。ぼくは先方に電話をして、遅れる言いわけをしなくちゃ」

ステイシーは、彼の姿が廊下の向こうに消えるまでじっとみつめていた。それから、なんとか気持を静めようと、深く息を吸いこんだ。手が震える。心の底まで震えているようだ。こんなに怒り狂ったことってあるかしら! いまだかつて、こんな激情にかりたてた男はひとりもいなかった。彼と一緒にパーティに出席して、ほかの人々の前で、何ごともなかったみたいに——仲むつまじい新婚夫婦みたいにふるまわなければいけないなんて。わたしがばかだったんだわ。だけど、これ以上彼を怒らせたら?

震える手にブラシを握ってどうにか髪を整え、トリーシャの化粧品を使う。ただならぬ目の輝きや口の端のひきつれは隠しようがなかったが、ポールが部屋に戻ってきたときには、いやいやながら、外出の支度ができあがっていた。

彼はすばやく彼女を一瞥(いちべつ)する。そのまなざしはすこしも彼女を元気づけるものではなかった。ステイシーは先に立って部屋を出ると、車のほうへ足をはこんだ。結局、彼が勝ったのだ。これからも、いつもこの調子で彼の意のままに動かされることになるのだろう。ステイシーは苦い敗北感を味わった。

ともかく、その夜の夕食はなんとか無事に切り抜けた。にこやかに笑顔をふりまき、すすんで会話にも加わったし、彼に対しては愛しているふりをしてみせた。その意味で、彼に負けないくらい、彼女の態度は上出来だった。だれの目にも、二人はお似合いのすてきなカップルだと見えたにちがいない。そうしてうわべをつくろい続けるのに、ステイシーは精力をすりへらしていた。そんななかでも、やはり皮肉の一つや二つは口をついて出たし、わざとらしい愛情表現には、彼の刺すような冷たい視線が返ってきて、幾度か人知れずひやりとさせられた。

ようやく引きあげる時間になると、ほっとする間もなく、彼の仕返しを思って不安に襲われた。

帰りの車のなかでは、べつに話もないし、ずっと押し黙ってすわっていた。くたくたに疲れ、精根つきはてた感じで家に入る。

「おやすみなさい」抑揚のない声でつぶやくように言うと、階段のほうへ足をすすめる。

「それを言うのはもっとあとだろう」ポールが嫌味たっぷりに言う。ステイシーは疲れきった顔を彼に向けた。

「わかったわ、ポール、さっさとすませましょう」

「なんとご立派な口ぶりだ！」彼の目に、暗い不気味な光が浮かぶ。「じっさい、きみみたいな女は初めてだ、ここまでぼくを怒らせるんだからな。手を上げないでがまんするのも楽じゃないよ」

ステイシーの表情はいくらか青ざめた。「そんなこと、させないわ！」

「おや、そうかい？」彼は唇をゆがめて笑う。

「わたしを殴りでもしたら、そのときは……もう二度とあなたとは口をききませんからね！」

ポールの片方の眉が、あざけるようにぴくりと上がった。「考えただけでも身震いがするよ」

「あなたなんか、地獄へ行けばいいわ！」ステイシーは怒りにまかせて言い放つと、さっさと歩きだす。

彼の手が、ステイシーの腕をつかんで引き戻した。「あっちでぼくと一緒にならないように、きみもせいぜい気をつけるんだな」ポールの言葉に、ステイシーは負けるものかと、あごを持ちあげた。

「わたしにはここが地獄なのよ。わからないの？」

言いすぎた、と気がついたときにはもう遅かった。ポールはやにわに彼女の体をかかえあげ、肩にかついで、ずんずん階段をのぼり始める。

「おろして！　おろしてったら！」ステイシーはわめきながらこぶしを振りまわして彼の背を打つ。だが、脚をしっかりつかまれ、肩ごしにぶらさがった姿勢ではまるで無力だった。そうしてベッドルームにはこびこまれたとき、ステイシーの目はわきあがる涙にかすんでいた。

彼は後ろ足で蹴ってドアを閉めると、背中を乱打されるのもかまわず、部屋の中央まで歩いていく。

「ひどいわ、なんてひとなの？　すぐにおろして、でないと大声をあげるわよ！」

無言のまま、彼はステイシーの靴を片方ずつ脱がせては床にほうりなげる。それから、彼女の体を自分の前にすべりおろし、強引にコートをはぎとり、つづいてドレスを脱がせ、スリップに手をかける。

「何をするの？」ステイシーは無益なあがきに息をはずませながら、なおも抵抗を見せる。

「何をするかだって？　きまってるじゃないか」ポールはにべもなく答え、ふいに自分のたくましい太ももの上にステイシーを横ざまにすると、お尻を力まかせにひっぱたいた。容赦のない激しさに、しびれるような痛みが、ずっと尾を引いた。

「これでまた青あざが増えたわけだ。どうやら、きみはあざを収集するのが趣味のようだね」

「きらい!」ステイシーはのどをつまらせた。「あなたみたいに憎らしいひと、世界じゅう探したっていないわ!」

ポールは彼女の表情を探るようにしげしげと眺め、やおら手をのばして、腕のなかに彼女を引き寄せた。「それがほんとうなら、ぼくはいまさら何も失うものはないわけだ」

唇の震えをなんとか抑えようと、ステイシーは歯を食いしばった。憎しみと嫌悪をむきだしにして、彼をにらみつける。「あなたにさわられるとぞっとする、たまらないわ。一回ごとに借りを返していると思うのがせめてもの慰めだけど」

「この手できみののど首をひねりつぶしかねないところだ」ポールはどすのきいた声で言った。「こうなれば、きみが悲鳴をあげて降参するまで、その体を徹底的に愛し抜いてやる」

「愛ですって?」ステイシーは嘲笑した。「あれが愛? 昨夜は地獄だったわ!」

険しいまなざしが刺し通すようにステイシーを凝視する。ステイシーが耐えきれなくなったころ、冷ややかに彼は言った。「昨夜は穏やかに事をはこべるような状況じゃなかったからね。それに、きみが……初めてだとわかっていれば、それなりのやりようがあったんだ。今夜は違うだろう」

「あやしいものだわ！」

「ぼくを信じないのかい？」彼がなじる。ステイシーの目に敵意が光った。

「あなたの一挙手一投足に徹底的にじゃまをするから、そう思ってらっしゃい」

「そのうち、きみも逆らえなくなるときがくるさ」

「あなたって、途方もないうぬぼれやさんね！」ステイシーは痛烈な皮肉をこめて言ってのけたが、彼の顔には、むしろおもしろがるような薄笑いが浮かんだ。

「いや、うぬぼれじゃない。女を知りつくしているというだけのことだよ」

「そうでしょうとも。ご経験のほどは疑わないわ」

「それでもまだ、きみは自分の限られた知識で判断するつもりかね？」

　不意に、ステイシーはなんだか面倒くさくなってきた。こうして必死で反抗し、口げんかを続けるのに疲れてしまった。暴君のようなポール・レイアンドロスの言いなりにはなるものかと、固く決心してはいても、実際に自分を貫き通すのはなまやさしいことではなかった。行く手には、二年間という歳月が、明かりもささず、出口の見えないトンネルのように、暗く長く横たわっている。彼のような男と一緒に過ごすことを考えただけで頭が狂いそうになる。こんな激しく感情をかき乱され、なおかつ正気を保っているためには、体力も気力も根こそぎ消耗しつくしてしまうだろう。

「わたし、疲れてるの」やがて、両方の腕をがっしりとつかんでいた彼の手からいくらか力が抜けているのを感じて、ステイシーは言った。「早くやすみたいわ」

「どうしてそう自分から事をむずかしくしてしまうんだ?」つぶやくような低い声で、ポールはきいた。

「実際、むずかしいことなのよ。わかってちょうだい!」絶句したその口に、彼の顔がかぶさってくる。避ける間もなく、熱い唇が重なった。

「いい子だ、楽にしなさい」

ステイシーはいやいやをするようにすこし首を横に振った。

彼女の体はぴったりと彼の胸に抱き寄せられる。むきだしの胸に、彼の上着の粗い布地が触れてきて、微妙に感覚を刺激する。よして――ステイシーは目で訴える。だが、彼の黒い瞳は、抑えがたい情熱の高まりを示している。

一枚ずつ順に、彼は自分の着ているものを脱ぎ去った。それから彼の両手は、心得たしぐさで柔らかい肌を探る。苦悶(くもん)にゆがみ、紅潮した彼女の顔に彼の顔が重なり、甘いうるおいを求めて唇がおおいかぶさってくる。激しく執拗な愛撫の嵐に、彼女の感覚はわきたった。

「おねがい、ポール――ねえ、おねがい」

ステイシーはけんめいに力を振りしぼって逃れようとする。だが、彼の唇はなおも容赦なく、彼女の体じゅうをさまよい、エロチックな興奮を呼びさます。

「おねがい——よして！」全身を小刻みに震わせ、静かにむせび泣く彼女の唇を、こんどは確実に、彼の唇が占領した。

それからあとは、まるで夢のなかの出来事のように、自分がどうなったのか、ステイシーはほとんど覚えていない。ただ、彼がかきたてた甘美な興奮が、憎しみや嫌悪と相いれないことを、認めないわけにはいかなかった。

3

日曜日はいくらか寒さも薄らぎ、まずまずの天気だった。遅めの朝食のあと、ポールが一日の予定を説明する。お昼は母親の家で食事をし、午後はニコスがサッカーの試合に出るので、送りがてら観戦、それから一緒に夕食をすませて、寄宿舎に帰るニコスを送っていく、というのだ。

「ところで、きみにはだだっ子みたいなまねは控えてもらいたい。大丈夫だろうね？」

ステイシーはコーヒーのカップを受け皿に戻すと、あらためて彼の顔に目を向けた。彼を見ていると、いやでも昨夜のことが思い出され、頬を赤らめずにはいられない。ほんの数時間前、わたしをあんなにしておいて、彼ったら、よくもこう、澄ました顔ですわっていられるものだわ……。

「つまり、家族のために体裁をつくろいたいわけね？」ステイシーは切り口上で言った。

「ニコスは母親を知らない子なんだ。きみとはいちど会っただけだが、最初からお互いに通じ合うものがあるようだ。たとえぼくがどんな理由できみを妻に選んだにせよ、ニコスには悟らせないつもりだ」

「すてきな奥さん、兼、母親らしくふるまえっていうの？」

「ニコスはぼくの息子だ。息子を守るためにはできるかぎりのことをする」

「あなたの女性遍歴はどうなの？　彼に悟らせないなんて、そんなことできて？」

ポールの黒い瞳がきらりと光った。「それはあくまでぼく個人の問題だ」

「その気になれば簡単だわね、ニコスを寄宿学校に閉じこめてることだし」

「まったく、どこまで口が減らないやつだ！」

ステイシーはすばやく反撃する。「あなたのせいよ！　あなたの顔色をうかがってぺこぺこしないだけのことだわ。たしかにわたし、借金の代償としてあなたとの結婚を承知したわ――だけど、心まで生けにえの子山羊になるなんて期待しないでちょうだい！」

彼の目は仮借なく、食い入るようにステイシーをみつめた。やがて、不気味なもの柔らかい声で言った。「きみが争いを望むなら、いつでも相手になってやる――手かげんはいっさいなしだ」

ステイシーはつと立ちあがり、彼を見おろした。「もちろん、覚悟のうえだわ」

つづいてポールも席を立つ。たちまち視線の位置が逆転した。「十一時には出かけるから、そのつもりで。それまで、ぼくは書斎にいる」

返事もせずにステイシーは彼に背を向けて、食堂を出ると、二階のベッドルームに戻った。ベッドのかたわらに電話がある。たまらなく妹の声が聞きたかった。

かすかに震える指先でダイヤルをまわし、じりじりしながら、トリーシャが電話口に出るのを待つ。

気が遠くなるほど待たされたあげく、受話器をとる音がして、寝ぼけ半分の無愛想な声が答えた。

「トリーシャ、あなた、まだ寝てたの？」

「あたりまえでしょ。こんな時間に何をしてると思ってたの？」

「だって、もう九時になるわよ」

トリーシャは舌打ちをするようにため息をついた。「日曜日のこんな朝っぱらから電話してくるなんて、よっぽど急用なの？　それとも、あたしがちゃんと家にいるかどうか、確かめるだけ？」

「そうじゃないわ」のどのつかえをかろうじてのみくだし、ステイシーはのろのろと答える。最近、二人は何かと衝突ばかりしているのが、うらめしく思い出される。「ただ、あなたがどうしてるかと思って……」

「元気よ。だから、もういい？　ベッドに戻りたいのよ」

「家のなかのこと、ちゃんとやってる？　何か困ったことなんかないの？」

「ううん、ちっとも。もし何かあったら、こっちから連絡する。心配しないで！」トリーシャの声はじれったそうな口ぶりになる。「ねえ、ほんとにそれだけ？　こんな格好で廊下に立ってるとこごえちゃうわ！」

「ええ、それだけ。二、三日うちに、また電話するわ。お昼でも一緒にしましょう」

「わかった。じゃあね」

がちゃりと音高く電話が切れると、やるせない涙がひとしずく、ステイシーの頬をつたって落ちた。いらいらと、その涙を手でぬぐい、こうして自分を哀れんでいても始まらない。何か気晴らしになることをしなくてはと考える。

朝、起きぬけにシャワーを浴びたのだけれど、もういちどシャワーを使って髪を洗う。ドライヤーで髪を乾かすと、ようやく服を着てメイクをする元気が出た。まだ、すこしは時間があるだろう。階下の居間で、音楽を聴いていることにしよう。

十一時五分前に、ポールが居間に入ってきた。ステイシーはガラス戸にもたれ、庭の風に舞い散る落ち葉に、ぼんやりと見とれていた。

「支度ができてるのなら、出かけよう」彼が声をかけた。「暖かくしなさい、公園は寒いからね」

ステイシーはゆっくりと振り返る。「公園？」なんのことかわからない顔つきだ。

「ニコスのサッカーの試合だよ、忘れたのかい？」ポールがからかう。ステイシーはうつむいて唇をかんだ。

「ああ、そうだったわね」つかつかと歩きだすと、彼が腕をつかんで引きとめる。

「今日の午後は態度に気をつけると約束するね?」

ステイシーは頭を上げ、輪郭のきわだった彼のいかつい顔に、とりわけ冷ややかなあざけりの一瞥(いちべつ)を浴びせた。

「模範的なマナーをお見せするわ。もちろん、ニコスのために」

ポールは黙ってその言葉を聞き、返事の代わりにステイシーの腕から手を離した。

「わたし、コートをとってきます」

ぴかぴかに磨かれたBMWが、正面玄関に横づけされていた。ステイシーが助手席に乗りこむと、ポールはそのドアを閉め、自分は運転席にまわる。

「お母さまのお住まいはどこなの?」何か話でもしなければいたたまれないような気持にかられて、ステイシーはきいた。

「フランクストン。湾を見おろす高台にある」

車はゆったりとすべり出し、本街道を南へ、高速道路に向かって走る。

「どなたかほかのかたもいらっしゃるの?」

「いや」

それっきりステイシーは口を閉ざし、外の景色にじっと目を向けていた。車が眺望のすばらしい海岸沿いの高級住宅地にさしかかり、やがてスピードを落として、長い曲がりくねった私道に入ると、ひそかに安堵(あんど)のため息をもらした。

堂々とした構えのその家は、傾斜地に合わせた二階建てになっていて、粗いレンガとクリーム色に塗られた板壁、濃い茶色のシャッターのついた格子窓が、美しい調和を見せていた。

車が止まるのと同時に玄関のドアが開いて、カジュアルな服装のニコスが二人を出迎えた。

「パパ、ステイシー！　いらっしゃい！」ニコスはステイシーの側の車のドアを開ける。ステイシーはにっこり笑って礼を言った。

「まずは家に入ろうじゃないか」ポールが息子の肩に手をかけてうながす。ニコスは気軽に天気の話などしながら、ステイシーと父親に並んで、ドアのほうへ歩いた。

レイアンドロス夫人――大奥さまということになるんだわ、とステイシーはひとり苦笑した――は、六十七、八だろうか、すっきりとした姿のいい婦人で、見るからに気位が高く、近寄りがたい雰囲気を持っている。典型的なギリシア人――ステイシーはそう勝手に判断した。夫のポール以外にギリシア人などひとりも知らないし、彼への見方はそもそも公平を欠いているのだが。

昼食はあきれるほど格式ばったものだった。ニコスがそこにいなければ、ステイシーにとってまったく場違いな時代錯誤とも思える儀礼に、とうていいたたまれなかっただろう。

「あなたは息子よりだいぶお若いようね？」

そうら始まった――拷問が！

「わたくし、二十四歳です、ミセス・レイアンドロス」

ステイシーは小声で答えた。

「もっとお若く見えるわ」女家長の貫禄を示して、ポールの母親は、たいへんな名誉を授けるかのように言った。「ポールはわたしをママと呼ぶのよ、だから、あなたもね」

「ありがとうございます」ステイシーも慇懃に言葉を返す。

「病院にお勤めだったのですって？」

「はい、理学療法士をしていました」

「息子とのおつき合いは長かったの？　つい先週の木曜日まで、わたしどもの家族は、あなたのお名前も聞いたことがなかったけど」

明らかに意識的に、ポールは手をのばし、ステイシーの手に指をからめて、思いやりのこもった熱いまなざしでじっとみつめたので、ステイシーは目をぱちくりさせた。

「ステイシーはぼくのワイフなんだから、それで十分でしょう。面接試験みたいなことはやめてほしいな」

「母親のわたしがうちの嫁のことをよく知りたいと思うのは、いけないことかしら？」

「そういう質問はぼくにしたらどうです」ポールはきっぱりと言った。

「あなたとニコスの幸せを思えばこそ、心配してるんじゃありませんか」ミセス・レイアンドロスはご機嫌斜めだ。ポールは笑いだした。

「自分が知りたいんだ。そうでしょう、ママ」

「だったらどうなの？　間違ってるかしらね？」頭ごなしの、きめつけるような口調だった。「あなたには、パーティなどにお誘いする女友だちが何人もいるし、ずいぶんたくさんのかたとおつき合いがあったようだけど、いつもその陰にはクリスティーナ・グーランドリスがいたわね。結局は彼女と結婚することになるんだろうと、わたしは思ってましたよ」

「おばあさま、そんな話、ステイシーに悪いよ」たしなめるように言ったのは、なんとニコスだった。わたしぜんぜん平気、そんなのじゃないの！——ステイシーはニコスにほんとうのことを教えてやりたかった。

「ニコス、なんです、その口のききかたは？」ミセス・レイアンドロスの顔にむっとした表情が浮かんだ。その顔を息子に向けて応援を求める。「ポール？」

「ステイシーとニコスはもうすっかり意気投合してるんだ。だから、彼女の名誉のために、ひとこと言いたくなったんでしょう」

「まあ、それは結構ね！　だからって、わたしに対する無礼は問題じゃないっていうんですか？」

雲行きがあやしくなったのを察して、ステイシーはすばやく話題を変えた。「このムサカ、とてもおいしいわ」料理のお世辞を言ってみる。「こんなの、初めていただきます。お母さまのお手製ですの？」

ポールがあからさまな嘲笑（ちょうしょう）を宿した視線を投げかける。ステイシーはきっと唇を引き結び、食事が終わるまで、沈黙を押し通した。

二時に三人は車に乗ってフランクストンをあとにした。市内へ戻る道すがら、会話はもっぱら父と息子のあいだで交わされた。ニコスが話しかけたときだけ、ステイシーは返事をした。ニコスがスポーツ・バッグを持って更衣室のほうへかけていく。とたんにポールは威嚇するような険しい表情になった。

「きみは口数が少なすぎる」息子の後ろ姿を目で追いながら、ポールはぶっきらぼうに言った。

「ニコスとは、ちゃんと話したわ」

「だが、それだけだ。ぼくにはひとことも口をきかなかった。新婚早々の妻の態度として、いささか不自然じゃないのかね？」

「わかったわ」ステイシーはせいいっぱいの皮肉をこめて応じた。「あなたに首ったけ――有頂天のふりをしろっていうのね」彼に寄り添うようにして、大げさに腕を組む。

「あなたにすがりつき、うっとりとあなたの目を見つめる――これでよろしい？」

「いいかげんにしろ！」ポールは脅すように言ったが、ステイシーは笑い声をあげ、わざと唇を突き出してみせる。

「まさかこんな人前では何もできっこないわ。そうでしょ、ダーリン？」

だしぬけに、彼はステイシーの肩をつかんで自分のほうを向かせると、ぐいと抱きしめ、強引に唇を押しつけた。荒々しい懲らしめのキス。その激しさに、ステイシーは柔らかい皮膚が破れるのではないかと思った。ようやく彼はうなるような吐息とともに顔を上げ、半ば伏せたまぶたのあいだからステイシーを見おろした。

「ぼくを挑発したらどうなるか、もういいかげんわかってもよさそうなものじゃないか」

「あなたなんか大きらい」ものを言うと唇が痛い。「だけど、何よりも、利用されるのがいや！」

「だったらいつまでも憎んでいればいいさ。ただし、それが正直を気持ならね」

「もちろん、あなたに対して、憎しみ以外の感情を抱くことなんて絶対にありません」ステイシーは激情を抑えた低い声できっぱりと宣言した。

「ニコスがフィールドにいる。サイドラインのそばで応援しよう」

鋼鉄のような腕に抱きかかえられるようにして、ステイシーは彼と並んで足をすすめた。思いきって身を振りほどき、毒舌のありったけをぶちまけることができたら、どんなにせいせいするだろう。けれども、ニコスやほかの人々の手前、がまんするしかなかった。

十五分ほどのあいだ、ステイシーは口をつぐんで試合を見ていたが、腕を握りしめるポールの手が、痛くてたまらなくなった。

「痛いじゃないの！」あえぐように言うと、ポールはしぶしぶ手をゆるめる。

ハーフタイムのあと、ステイシーはかたわらの男のことは完全に無視してゲームに熱中し、ニコスと彼のチームにさかんに声援を送った。試合に勝って意気揚々と引きあげてきたニコスに、お祝いの抱擁までしてやった。

興奮気味のニコスは、仲間たちと一緒に近くのビストロで祝勝会をやろうと言う。それから小一時間ほど、浮かれ騒ぎにつき合うことになった。

やがてステイシーは、ポールとニコスの三人でとる夕食のことを思い出し、急に気が重くなってきた。ニコスの前で仲のいい夫婦の役を演じ通すのは並みたいていの苦労ではない。まだしもポールと二人きりのほうが、敵意をむきだしにできるだけ気が楽だ。

六時をすこしまわったころ、親子は家庭的な雰囲気のすてきなレストランに入った。メニューはすべてギリシア料理だったので、ステイシーはポールにまかせることにきめた。

「ダーリン、あたし、ギリシア人と結婚したのに、お国料理はなんにも知らないの。好ききらいはないわ、だから……」わざといったん言葉を切って、格別に甘ったるい笑顔を彼に向ける。「あなたがおいしそうなのを選んでくださる？」

食事のあいだじゅう、ステイシーはほとんどニコスとばかり話をした。ニコスは素直な明るい性格の少年で、父親に似ず、とても好感が持てる。

きっかり七時半に、ポールが車を運転してニコスを学寮の入口まで送り、それから二人は帰途についた。ステイシーはほっとするのと同時に疲れを感じた。一刻も早く家へ帰ってお風呂でくつろぎ、ベッドにもぐりこみたい。けれども、あの家へ帰るのは夫とけんかをしに行くようなものだ。彼と顔をつき合わせ、セックスを強いられるのにはうんざりだった。一瞬のひらめきが、思わず口にのぼった。

「ちょっとアパートに……あの、トリーシャのアパートに寄ってみない？　わたし、とってきたいものもあるし……」言いわけがましく、そうつけ加える。

「まだ家へ帰りたくないんだな。何を怖がってるんだい？」

「べつに怖がってなんかいないわ。ただ、妹のことには責任があるし、会いたいからよ。いけない？」

「トリーシャはきみがいなくたって、ちゃんとやっていけると思うがね」ポールはぐいとハンドルを切ってカーブをまわる。まもなく信号の手前でゆっくり車を止めた。

「あなたは来ないの？」

彼はわずかに肩をすくめた。暗がりのなかで、表情はほとんど見わけられない。「そのほうがよければ行ってもいい」

アパートの前にはずらりと車が並び、なかからくぐもった音楽が響いていた。

「パーティかな?」ポールが皮肉っぽい口調で言う。ステイシーはむっとして口をつぐんだ。

何分か待たされたあと、派手な服装の女がドアを開け、にたりと笑いながら二人をなかに入れると、長いキセルを持った手で、ラウンジを指し示す。

「あちらへどうぞ。あなたたち、招待されてるんでしょう?」

「わたし、トリーシャの姉よ」音楽に負けないかん高い声で、ステイシーは言った。

「あらそう、だったらかまわないわ」ほかの声が笑った。「飲みものをやって。ビールとジンとワイン——ほかのものがほしければ、各自持参のこと」

いつもは小ざっぱりしたラウンジに、識別できないほど大勢の人間がたむろしていた。抱き合ってダンスをする者、すわっている者、長々と床に寝そべる者。八時を過ぎたばかりだというのに、部屋にはたばこの煙と酒のにおいが充満し、もう何時間も前からパーティが続いているのは明らかだった。

ステイシーは、薄暗いあたりに目を凝らしてトリーシャを探した。トリーシャは若い男の腕のなかで、みだらなふるまいに及んでいた。なんということを——ステイシーの頬に血がのぼる。今すぐ電灯をつけ、客を追い出し、トリーシャをとっちめてやりたい。けれども、あきらめの気持が先に立った。

「トリーシャに、ちょっと声をかけてくるわ」ポールにそう言うと、人をかきわけるようにしながら、部屋の隅まで歩いていく。

さすがにトリーシャは驚いたようだった。ステイシーは騒ぎを起こす気力もなく、黙って妹に背を向けると、ポールが立っているところへ戻り、そのまま足も止めずにまっすぐ出口へ向かった。

夫との絶え間ないいがみ合い、同じく尊大で嫌味たっぷりな彼の母親、そのうえ今は妹まで——みんな、あんまりだわ！　ステイシーはポールみたいにちぢこまって消えてしまいたくなった。

キュー地区まで戻る車中で、二人ともまったく口をきかなかった。玄関を入ると、ステイシーはすぐに二階へ上がろうとした。その腕に、ポールが手をかけて引きとめる。

「一杯やろうじゃないか、ステイシー」ステイシーが振り放そうとすると、彼の手に力がこもる。「ぼくはやりたいんだ。つき合いなさい」

ステイシーは怒りに燃える目で彼を見返した。「どうぞご自由に。わたしはほしくないわ」

「ごく軽いものでもかい？」

「いいえ、結構よ！　だから、手を放してちょうだい！」叫び出さんばかりの声で言う。

わけもなく腹が立って、目の裏が熱くなった。

「じゃあ、ベッドへ行きなさい。今夜はゆっくりやすみたいだろう」

苦いものがのどにこみあげてきた。「そんなチャンスがあるかしらね?」

ポールの目が細くなる。「ぼくだって、まるっきり無神経な男じゃないんだ」

「あてになるものですか! わずか四十八時間のあいだに、わたしは強姦され、殴られ、好き勝手にもてあそばれて、おまけにあなたと結婚したことで非難されたのよ。さんざんだわ!」ステイシーは言いつのる。「あなたのお母さまも、わたしがどれほどあなたを憎んでいるかをご存じだったら、さぞかしご安心でしょうに。クリスティーナなんとかっていうかたもいらっしゃることだし――ほんとに、二年間はそう早く過ぎ去ってくれやしないわ!」

返事の代わりに、ポールはステイシーを腕に抱きとり、激昂して暴れる細い体をやすやすと肩にかついで、ベッドルームまで運んでいく。

部屋に入ると、彼はステイシーの体をブロケードのカバーがかかったベッドに投げおろした。「三分だけ待ってやる。そのあいだに着ているものを脱ぎなさい。時間をむだにしないほうが身のためだぞ」

ステイシーはきっと彼をにらみつける。「あなたがそこで見ているのなら、着替えはしないわ」

彼はからかうような笑い声をあげた。「ぼくはもう、きみの体を隅から隅まで知ってるんだよ。まさか忘れたわけじゃないだろう?」

「あなたは悪魔だわ。あなたに縛られているあいだの一刻一刻が、憎らしい！」

「きみが自由になるのは、まだずっと先のことだ」ポールは無情に宣告を下すと、ステイシーの腕をとって床に立たせた。「そのうち気持も変わるさ」

「いいえ、絶対に！」ステイシーは叫んで、むなしく身をもがいたが、彼の手がブラウスのボタンをはずそうとすると無我夢中で彼に挑みかかった。追いつめられて逃げ場をなくした動物のように、死にもの狂いでこぶしを振りあげ、彼の胸を、腕を、肩を、めちゃくちゃに殴りつける。

「よさないか！」彼はステイシーの両手をぐいとつかんで、いとも簡単に攻撃をくじく。ステイシーは憤怒と絶望の入りまじったうめき声をもらした。

ばかにやさしいしぐさで、ポールはステイシーの顔に垂れかかった髪をかきあげ、その手をそっとあご先まではわせて顔を仰向けた。一本の指が彼女の唇に触れ、下唇を軽く押しさげる。内側の柔らかい皮膚にすりむけた跡があるのを見ると、彼は目を細めた。

「きみはまるで気性の荒い山猫みたいだ。そうして逆らってみたって、ぼくの怒りをかきたてるだけなのに——その結果は愉快なものじゃなかったはずだろう、違うかい？」

「あなたのご機嫌を損ねるのが怖くてびくびくするようなわたしじゃないわ」

「ああ、たしかに意気盛んなのは認めるよ。しかし、いささか強がりがすぎるんじゃないかな」

「わたしはいつも自分に正直に生きてるわ」ステイシーはむきになって言い張った。「憎むときには徹底的に憎むだけよ」

「そのようだね」ポールは平然として応じた。「ところで愛するほうはどうなんだ、ステイシー？　きみの限りない献身を受ける男がはたしているのかね？」

「むろん、それに値するひとならば」

「というと、その条件は？」

ステイシーは注意深く彼をみつめた。「愛――誠実さだわ」

「ふん、なるほど――ごもっともですな」

「あなたがひとりの女に誠意をつくすなんて言えて？　ご冗談でしょう！　お母さまのお話だと、ずいぶん大勢のお相手がいらしたそうだし、お気の毒に、クリスティーナは何年も待たされてるそうじゃない」

「クリスティーナと結婚したければそうしてたさ」ポールはあっさりと答えた。

「それでいて、わたしと結婚したのね。もっと制約の少ない方法だってとれたのに、結婚を選んだのはどうしてなの、ポール？」

「ぼくにとってそのほうがよかったからさ」

ステイシーは背をそらして彼から離れようとした。「だけど、わたしの身にもなってみたら？　あやつり人形じゃあるまいし、感情ってものがあるんですからね！」

「きみはトリーシャへの愛情ゆえに、ぼくとの結婚を承知した——ほかに道はなかった、違うかい?」

ステイシーの目に憎しみが燃えあがる。「そして今もまた、未払い分の返済を迫られてる」

「やれやれ、かわいそうに」ポールは皮肉たっぷりに言って、彼女を抱き寄せた。「きみはとても感じやすいすてきな体を持っている。その体が喜びの味を覚えないように、せいぜい気をつけるんだな。そうなっては元も子もなくなる、そうだろう?」

暗い光を宿した瞳が、じっとステイシーに注がれる。奇妙な興奮に、ステイシーはぞくりと体を震わせた。彼の唇が頬に触れると、矢が突き刺さるような鋭い快感を覚えた。その感覚は、ゆっくりとした爆発を起こし、腹部から下肢までひろがっていく。

彼の手はブラウスを脱がせ、そっと胸のふくらみを愛撫する。ステイシーの口から、声にならないあえぎがもれ出した。

なめらかな、むだのない動作で、ほとんどそれと気がつかないうちに、ポールは二人の身につけている衣類をすっかりとり去っていた。彼の素肌がじかに触れて、ステイシーはあっと驚きの声をあげた。

温かく力強い唇が、抗議の言葉をかき消し、女性の感覚を知りつくした巧みな愛撫のもとで、やがて彼女の思考力は失われた。どこにひそんでいたのか、自分でも信じられない情熱の炎に体じゅうが燃えあがり、嵐のような大波にゆさぶられながら、彼女は狂ったように叫び、彼にしがみつく。そんな彼女の反応は、ポールの歓喜のうめきを誘い出した。

その夜、彼女の眠りに安らぎはなかった。潜在意識のなかで、愛と憎しみの葛藤は続く。

4

「わたし、今日は街へ出かけてきます」

火曜の朝、ポールと二人の朝食をすませると、ステイシーはきっぱりと言った。トリーシャに話がある。昨日は何度も電話をかけてみたが、とうとうつかまらなかったのだ。

ポールは新聞から目を上げて、じっとステイシーをみつめた。「何か用事でもあるのかい?」

「あら、どうして?」ステイシーはちょっと身構える。「出かけちゃいけないっていうの?」

「ぼくが行くなと言ったらどうする?」

「どっちみち出かけるだけだわ」

彼の片方の眉がぴくりと持ちあがる。「ぼくに逆らうと仕返しをされるのがわかっててもかい?」

ステイシーは射るような視線を彼にあてた。「これ以上、何ができて、ポール?　あとはわたしを監禁することくらいでしょうけど、まさかそこまで封建的だなんて信じられないわ」

「ステイシー、朝っぱらからくだらないやり合いはごめんだ。街へ行きたいのなら行けばいい。アレックスに送らせよう」

「いいえ。わたしには自分の車があります」

ポールは肩をすくめた。「好きにするさ。ただし、今夜は外出の予定だ」そう言って、ステイシーの表情を探るように見やる。「そのつもりで、六時には支度しておいてくれよ」

「どこへ行くの？」

「それが問題なのかい？　それとも、けんかを売るのが目的できいてるだけかな？」

「着るもののことよ、ポール。場所柄に合った服装をしてないと、あなたが困るんじゃない？」

「母が催すフォーマルなディナー・パーティだ」彼は皮肉っぽい口調で言う。ステイシーはぞっとした。

「おお、いやだ。地獄だわ！」考えただけで気が滅入る。だいいち、何を着ていこう？

「それほどでもないさ。ぼくがついてる」

ふん、とステイシーは鼻を鳴らした。「あなたのナイトぶりはさぞたのもしいことでしょうよ！」

「きみはぼくの妻なんだ。それだけで十分、丁重な扱いを受ける資格がある」

「まあ、ありがたいお言葉だこと」

パーティの情景が目に浮かぶ。優雅なドレスを身につけた女たち、上流階級特有の、自信たっぷりでもったいぶった態度——そんな人々の好奇の目を浴び、一挙一動がひそかに観察されるのだ。

「着るものがないっていうんだろう？」ポールはコーヒーの残りを飲み干した。「街へ出たらぼくのオフィスに電話しなさい。つけで買えるように手配するから」

「お金なら持ってます！」ステイシーは言い張った。

「それよりも、ぼくが午後の時間を都合しよう」ポールは立ちあがる。「二時に会社に来てくれ」

「あなたがお買い物についてくるわけ？　どうして？　わたしの見立てでは信用できないの？」

「そもそも、オートクチュールのドレスを買うのにきみの預金で間に合うとは思えないね。それに、ぼくはそういった方面にもいささか経験がある。だいいち、ぼくが行くと店の応対が違うだろう」

「あなたに経験のないことが何かあって、ポール？　もっとも、ことによっては黙秘権を行使したほうが利口かもしれないけど」

「その言葉に対するお返しはあとで必ずさせてもらうよ」彼は妙にもの柔らかな声で警告する。ステイシーはひょいと肩をすくめた。

「お出かけの時間でしょ、ポール」彼はテーブルをまわって近寄ってくる。「何かご用?」何食わぬ顔で、ステイシーはきいた。

「これだ」ポールは腰をかがめ、ステイシーの顔を両手にはさんで、荒々しく強引に唇を奪った。

「ぼくを挑発するのは愚かなことだ。まだわからないのか」

「あなたは悪魔よ! 地獄の火に焼かれちゃえばいいんだわ!」痛めつけられた唇を震える指先でそっとなでながら、ステイシーは言った。「今夜はどこへも行かない。あなたと一緒に出かけるなんて、考えただけでむかむかする!」

頑丈な指が骨に食いこむほど乱暴にステイシーの肩をつかんだ。「行くんだ! 言うとおりにしないと、あとでどうなっても知らないぞ!」

ただの脅しではすまない。実際、ポール・レイアンドロスはどんなことでもやりかねない力を持つ男なのだ。こんな男とかかわり合いになったのが間違いのもとだった。どう逆らってみても、勝つのは彼ときまっている。いさぎよくかぶとを脱いで彼の優位を認めたほうが、はるかに痛手は軽くなる。

心の底から憎しみに震え、ステイシーは彼をにらんだ。「やっぱり行くことにするわ。

欠席してあなたのお母さまを喜ばせるのはしゃくだから」

なんとも計り知れない表情を残して、彼は部屋を出ていく。ステイシーはがっくりと椅子に背を落とした。

きっかり十時半に、ステイシーは自分の小型車を止め、エリザベス・ストリートのほうへ歩きだした。刺すような冷たい風が吹きすさび、今にも雨が降りそうだ。近くの喫茶店で熱いコーヒーでも飲もうかと、ちょっと足を止めたが、思い直し、マイヤーズ・デパートに入る。

買い物客でにぎわう店内は暖房がきいて心地よく、すっかりいい気分になって、一時間ばかり、あれこれ手にとってみたり、二、三、買い物をしたりする。そのうちに時間に気づき、通りに出ると、バーク・ストリートを走る市電に乗って、トリーシャの勤め先の会社へ行った。

エレベーターで五階に上がり、昼食をとりに出てくるところをつかまえようと、廊下で待機する。

ようやく妹が姿を見せた。「トリーシャ」ステイシーは声をかける。「近くまで来たから寄ってみたの。お昼をどうかと思って……」

「ポールと一緒にすればいいのに」ちょっと顔をしかめて、トリーシャは言った。

「彼とはあとで会うの。ねえ、どこがいい？」

「高級レストラン。お姉さんはお金持なんだから」

ステイシーは舌の先まで出かかった言葉をのみこんで、代わりに肩をすくめてみせる。

「オーケー。この近くにおいしい中華料理店があるわ」

レストランの席につくと、注文が終わるまで待って、ステイシーは身をのり出した。

「昨日からずっと電話してたのよ」

「忙しかったのよ、いろいろとね」

「わたし、思うんだけど、しばらくのあいだだけでも、だれかお友だちに来てもらって一緒に暮らすようにしたらどうなの？　あなたがあのアパートにひとりきりでいるのは感心できないわ」

トリーシャは大げさにため息をついた。「ひとり暮らしには若すぎる――そう言いたいんでしょ？　わかってるわ。ステイシーったら、いつだって、母親、父親、それに姉の役割を一手に引き受けようとするんだもの。あたしのやることにいちいち口を出さないで、ほうっといてくれれば、あたしたち、ずっとうまくいくのに……」長くのばした褐色の髪が垂れかかるのを後ろに払って、トリーシャは真正面からステイシーをみつめた。「あたしは結構いいお給料をもらってるし、ちゃんと自分でやっていけるわ。ときにははめをはずすことだってあるかもしれない、でも、若いころはだれしもそうでしょ。ああ、お姉さんは違ったわね、ママとパパが死んだとき、十六歳だったけど、しっかりしてた。あたしだって意外にしっかりしてるのよ。だから、あまり干渉しないで。どっちかというと、お姉さんを悩ませるためにわざとやることが多いくらいよ」

ステイシーは深く息を吸いこんだ。「つまり、電話なんかするなってこと？　ばかおっしゃい、トリーシャ。わたしたち、姉妹じゃないの！　名前もろくに覚えていない遠い親戚を除いて、あなたがこの世でたったひとりの肉親なんだし、もっともっと親しくして当然だわ。でも、その正反対なのね」

「そこよ、ステイシー。あたしたちって、性格が違うのよ。あたしはパパに似てるんじゃない？　それともママのほう？　両親のことはほとんど覚えてないから、どっちか知らないけど。とにかく、お互いに自分なりの生きかたがあるんだから、あたしのためなんてことを考えないで、あたしにも自由にさせてほしいわ。突然ひとりになって、あたし、今の生活がすごく気に入ってるの！」

「あんまり調子にのっちゃだめよ」

「ほらまた！　そんな責任感とかなんとかは抜きにして、あたしを対等の人間として見られないの？　なんなら友だち同士ってことでもいいわ」

ちょうどいい機会だった。「じゃあ、お友だちとして」ステイシーは軽く念を押すように話しだした。「今夜、何を着ていったらいいかアドバイスしてくれる？　ポールとわたしは、あちらのお母さまのお宅の晩餐会に呼ばれてるの。〝フォーマル〟っていうんだけど、どの程度のものかしら」

「とびきり値段の高い、すてきなドレスを買うのね。髪はばーっておろして、メーキャップにはうんと手間ひまかけて、高価な宝石をひとつ、それに、靴はフランス製の最高にいかしたのでなくちゃ」トリーシャの顔にいたずらっ子のような笑いが浮かぶ。「あ、それから香水も——ゲランのシャマードが似合うわ。ぜひ買いなさいよ」そして、鼻にしわを寄せ、声をひそめる。「ミセス・レイアンドロスって、すごくお高くとまっているんじゃない？」

「じつに恐るべきひとよ」まったく、あの母にしてあの息子ありだわ——ステイシーは心のなかでつぶやいた。

「こんど、金曜のお昼に会わない？　そのときに話を聞かせて」トリーシャは腕時計に目をやった。「たいへん、コーヒーは飲んでられないわ。あと五分しかないもの。じゃ、金曜日にね」陽気に手を振って、トリーシャは席を立ち、あっという間に店から出ていった。

食事の皿を前に、ステイシーはひとりぼんやりと残された。

二時をすこしまわったころ、ステイシーはポールの会社の受付に着いた。待つまでもなく彼の秘書が呼ばれ、彼専用の応接室に案内する。一週間前に初めて来たときとは打って変わった丁重な応対に、ステイシーはかすかな苦笑をもらした。

一面のガラス窓のそばに腰をおろし、雑誌をめくっていると、ドアの開く音がして、ポールが現れた。上背のある堂々とした体格にみなぎる圧倒的な迫力、磁石のような強烈な個性に目を奪われ、ステイシーは思わずまばたきをした。彼を見ているだけで、あの唇の感触が伝わってくるようだ。記憶がまざまざとよみがえる。ステイシーはあわててそれを追いやった。

「昼食はすませたのかい?」彼はいきなりそうきいた。ステイシーはうなずく。

「あなたは?」

彼の微笑はあくまで冷ややかだった。「ぼくは一時間ほど前に秘書にコーヒーとサンドイッチを届けさせた。出かけようか?」

ロビーを並んで歩きながら、ステイシーは肘に添えた彼の手を痛いほど意識していた。エレベーターのなかでも、あえて身を引こうとはしなかったし、通りに出て、彼が数ブロック先の高級ブティックの名をあげたときにも、おとなしく従った。

ポールはもの慣れた態度でデザイナーと談笑し、とっておきのドレスを持ってこさせた。何着かを選んだあとで、ようやくステイシーにも声がかかったが、彼女の意見などほとんど問題にされていないのは明らかだった。

候補は二着にしぼられ、そのうちの一着はステイシー自身も最高に気に入った。濃いワインカラーのシルクで、ボディに柔らかいドレープが入り、ゆったりとした袖、流れるような、エレガントなスカート・ライン——何よりも色が、小麦色の肌によく似合い、赤みがかった褐色の髪をひときわ鮮やかに引きたたせる。値札がついていないところをみても、仰天するほど高いのは想像できる。

「二着とももらうことにしよう」ポールがあっさり言うので、ステイシーは驚きのあまり息がつまった。

ブティックを出ると、さらに一ブロックほどの先の靴屋へ。そして、つぎにはその近くの宝石店に入り、そこで彼女の指に燦然と輝くダイヤモンドの指輪がはめられた。

「宝石なんかほしくないわ」店員がちょっと離れたすきに、ステイシーは小声で抗議した。

「このくらいのものは持ってるところを見せなくちゃ。格好づけのためと思えばいい」

「ぎんぎらぎんね。おつぎはなあに？」

「金のネックレス——細いチェーンがいいだろう。ブティックのマダムがあのドレスに合うと言っていた」

「わたし、一年と十一カ月プラス三週間たったら、そっくりお返しするわよ」ステイシーが言うと、彼は心得顔でうなずいた。

家に帰り着いたときは五時半近くになっていた。スマートなBMWが玄関先にとまると、アレックスが飛び出してきて、買い物包みをはこぶのを手伝った。

「一時間後に出かけるからね。きみがシャワーを使っているあいだにソフィに荷物を開けさせなさい」ポールはそう言って、あごをなでる。「ぼくはひげをあたらなきゃならんな」

ステイシーは目のメーキャップがうまくいかなくて二度もやり直したが、まだ何分か時間に余裕があった。鏡に映る姿はまるで自分じゃないみたいにすてきだった。ゆるやかに肩にかかる髪を、うなじから持ちあげてアップにしてみる。

「髪はおろしたほうがいい」ドアの向こうからポールが声をかける。ステイシーははっと振り向いた。

「アップにしたほうがすっきりするわ」

「おろすんだ」彼はそばに来て、ステイシーの手を髪から離させた。「きみはひっつめすると顔がきつく見える」

「ほんとに、なんでも命令したがるのね」

「そのほうが似合うと言ってるんだ」

彼と争っても勝つ見込みはない。今夜は初めからあきらめていた。「お客は何人くらいなの?」

「二十人くらいだろう」

「わたし、出かける前に一杯やりたいわ」

「景気づけかい?」ポールは顔をゆがめて笑う。

「ライオンの檻(おり)に投げこまれるみたいな気分なの」

「ぼくの母は多少、気むずかしく見えるかもしれないが……」

「まあ、あきれた！　あれで多少とは恐れ入るわ」

「さて、出かけようか」

フランクストンへ向かって車を走らせながら、ポールは、ニコスが週末には休暇で家に帰ってくると話した。昼間を一緒に過ごす相手ができる——そう思うと、ステイシーは目まいがするほどうれしかった。若いひとと話をするのは何よりの気晴らしになる。家のなかは万事、有能なソフィがぬかりなくとりしきっている。料理は食通をうならせるほどすばらしい。通いのメイドもいて、ソフィの監督のもと、ちりひとつなく掃除が行き届く。外まわりはアレックスの管轄だし、夕食のメニューをきめるのもソフィにまかせたほうが無難だとなると、もうほとんどステイシーの出る幕はないといっていい。そんなわけで一日じゅう音楽を聴くか、居間の壁をうずめる膨大な蔵書を拾い読みして時間をつぶすほかはなかったのだ。

フランクストンの邸の門前にずらりと並んだ高級車の列を見たとたん、ステイシーは息をのんだ。そこらのディナー・パーティとはわけが違う。そして、クリスティーナも来ているだろうと、ふと思った。ミセス・レイアンドロスが彼女を呼ばないはずはない。

「まあ、ポール、とてもすてきだわ！　ステイシーも」ミセス・レイアンドロスのあとの言葉はいかにもつけ足しといった感じだ。ステイシーはポールの母親にあでやかな笑顔をつくってみせた。

「みなさん、もうおそろいのようですね」ポールがそつなくもの柔らかな口調で言う。ミセス・レイアンドロスは鈴を振るような声をあげて笑った。

「それはね、主賓がいちばん最後ときまってますよ。さあ、ラウンジでお飲みものを召しあがれ」

渡されたグラスを手に持って、ステイシーは薄いこはく色をした液体をちびちびなめるようにすすった。今夜は酒に酔ってなんかいられない。それとなくあたりのようすをうかがうと、豪華な装いの陰に、よってたかってポール・レイアンドロスの妻を品定めしようとする意図が見え透いている。だいたい予想はしてたけど、あんまりだわ。わたしは俎上の魚じゃないの。あのお母さま、なんて陰険なんだろう。

かたわらのポールに、ステイシーは小声でつぶやいた。「わたし、さらしものにされてるみたい。そのうえ、金魚鉢のなまずみたいに場違いな気がするわ！　お母さまは何か魂胆がおありなんじゃなくって？」

「きみがギリシア系で、上流家庭の出なら、文句なく歓迎されるところだ」

「やんごとないお姫さま育ち、虫のつかない箱入り娘ならよかったのね？」

彼はからかうような笑顔を浮かべてステイシーを見おろした。「まさにきみがそれだったじゃないか。わがいとしのワイフがバージンだったとは――いや、うれしい驚きだがね」

「あなたは未開人みたいに野蛮だったわ」ステイシーは手厳しくやり返したが、怒りに火を注ぐように、彼は軽い笑い声をあげた。

「きみは従順とはほど遠い態度だった。ほかにやりようがあったかい?」

そこへ、豪華な赤いシルクのドレスをまとった姿が、ゆらゆらと泳ぐように近づいてきた。

「ポール!」ドレスと同じ赤のマニキュアを塗った鷹のようなつめがのびて、彼の上着にとまる。その顔には満面に媚が浮かんでいる。

「クリスティーナ」ポールは唇に魅力的な微笑をたたえ、どこか冷ややかなまなざしで丁重に迎える。

すごい美人だった。きめの細かい、陶器のような白い肌、うるんだ漆黒の大きな瞳、完璧なプロフィール。すらりと均整のとれた肢体は、どんな衣裳でもエレガントに着こなしてしまうだろう。

「こちらはワイフ、ステイシーだ」ポールは穏やかに紹介した。クリスティーナの笑顔のあでやかさに、ステイシーは目がくらんだ。

「あなたはもう結婚する気がないんじゃないかって、わたしたち、すっかりあきらめてたのよ。おめでとう、ステイシー。こんなにつかまりにくい男性はめったにいないのに、うまくつかまえたわね」

「あらそう?」ステイシーはわざととぼけてみせる。「ちっともたいへんじゃなかったみたいだけど」

ポールはステイシーの手を自分の口もとに持ってゆき、一本一本、指にキスをする。彼の目には、恋の炎と見誤りそうな光が宿っている。が、そこには怒りと警告がこめられているのをステイシーは知っていた。

「ぼくの魅力はどのくらい落ちちゃったかな」彼は柔らかい口調であざける。クリスティーナの笑顔が凍りつき、何か聞きとれないつぶやきを残して向こうへ歩み去った。

「なんて残酷なの。彼女はあなたを愛してるのよ、わかってないの?」

「クリスティーナはぼくの金を愛してるだけさ」ポールは冷たく言い放った。「結婚はそれを手に入れるための方便なんだ」

「あなたって、現実的なのね」

「ああ、完全にさめてるよ」

ステイシーはグラスをゆっくりとひと息であけた。

ポールとのやりとりのあいだ、ラウンジじゅうの人々の好奇の視線が二人に向けられるのが感じられ、彼女はうんざりした。だから、食事の合図があったときは心からほっとした。

広い会食用のダイニング・ルームは主催者の富と格式を示していた。テーブルには白いダマスクのカバーがかかり、輝くシルバーとクリスタルの食器が並んでいる。席はあらかじめ指定されており、当然のように、クリスティーナ・グーランドリスがポールの正面の席についた。

「ニコスは新しいお母さんをどう思っていますかな？」ステイシーの左にすわった男が、嫌味な笑いを浮かべて話しかけてきた。ポールはクリスティーナのおしゃべりに気をとられているようだ。

「さあ、本人におききになることじゃありません？」ステイシーは質問をかわした。

「いや、ニコスの母親というにはあなたは若すぎますよ」ほかの男が口をはさむ。「彼はあなたに夢中になっちゃうだろう――なにしろ、十五歳くらいの男の子は美人に弱いものだからね」

「ニコスはとてもしっかりした少年だと思いますけど」ステイシーは無表情で答える。隣の男は笑いだした。

「しかし、ポールがこうもあっさり結婚してしまうとは思わなかった。いったい、つき合った期間はどのくらいあったんですか？」

「知り合うには十分だったということでしょうね」

「それにしても意外だな。ポールは衝動に走るような男じゃない。たしかに、頭は切れるし、目先がきく。じつに実務の面では天才だが――しかし、衝動的かというと、はっきり否だ」

「どんなひとにも、一生のうちには衝動的な行動をとることがありうると思いますけど」

男はちょっと口をつぐんでステイシーをみつめた。「ところが、ポールが判断を誤ることはまずないんだな。あなたのような美人に会ったら、ぼくだって、手の早いやつにさらわれないうちに、さっそく結婚を申し込んでましたね」

ステイシーの目に、茶化すような光が躍る。「もしかしたら、わたしがポールをさらったのかもしれませんわよ」

「ご冗談を。彼ほどの男が、みすみすわなにかかるようなうかつなまねをするものですか」

ステイシーは男の言葉をじっくり頭のなかで検討し、それからうまく話題をそらした。不意にまた、ポールの存在が気になり始めた。彼は満面に温かい微笑をたたえ、じつに愛想よく、魅力的に会話をリードしている。二人きりのときの、あの冷酷で横暴な彼とはまるで別人のようだ。仮面の下に隠されたあんな荒々しい情熱を、彼はクリスティーナにも見せたのだろうか。思い出すだけでステイシーは胸がむかついて、とたんに食欲をなくし、食べ残した皿をわきへ押しやった。

十時過ぎにディナーが終わり、客はラウンジに席を移した。ポールはステイシーのウエストに軽く腕をまわす。明らかに他の客の目を意識して、見せつけるためのしぐさなのだ。

「放して！　わたしは子供じゃないのよ！」猛烈な怒りをこめて、ステイシーは小声でささやく。

「きみはいつも子供みたいにふるまうじゃないか」

「ニコスと同じに扱うのね？」

「場合によっては、ニコスのほうがおとなだ」ポールは冷ややかに言った。

「あらそう！　よくわかったわ！」吐き捨てるようにそう言うと、ステイシーは彼を振りきり、さっと手近なアームチェアーに席を占めた。ところが、なんとくやしいことに、彼はその椅子のアームに腰かける。ステイシーは嫌悪感から悲鳴をあげそうになった。こんなにくっついてすわられるだけでも不快なのに、彼は髪に指をからませてくる。

　こんなパーティから早く解放されたいとしきりにねがう一方、家へ帰る時間はできるだけ引きのばしたい。情け容赦もない悪魔のような夫とさし向かいになって、またしてもベッドの相手をさせられるのはたまらなくいやだった。かといって、ここで感情を爆発させるとたいへんなことになる。

　すっかり思案に沈んで、ステイシーは自分が話しかけられているのも気がつかなかった。耳もとでささやくポールの声に、ようやく我にかえり、はっと目を上げる。

「ダーリン、夢でも見てたのかい？」彼は笑いながら言って、愛情に満ちたしぐさでステイシーの頬に指をはわせる。人前を意識して、しかたなくステイシーは彼にほほえんでみせた。

「あら、ごめんなさい」話しかけたのはきっとクリスティーナだわ――そう思って、クリスティーナに顔を向ける。

クリスティーナはほんの一瞬、微笑を返した。「今週中にいちどグループで集まろうって話があるの。つい最近、トゥーラックに開店したレストランが、とてもすてきなんですって。あなたもポールといらっしゃらない?」

「さあ、ポールにきいてみないと……」ステイシーは答えたが、ポールの指が髪の下にもぐりこみ、うなじをもむような微妙な動きを始めると、思わず顔色を変えそうになった。わざとこんないやがらせをする彼が憎らしい。

「金曜日はだめだよ」ポールはさりげない口ぶりで言う。「ニコスが休暇で帰ってくる。最初の夜は家で一緒に過ごすことにしてるんだ」

「木曜日はどう?」クリスティーナは長いまつげをつやっぽく動かしてウインクをする。「話がまとまったら、またお電話するわ。いいでしょ?」

ポールは軽くうなずいて、立ちあがり、ステイシーの手首を握った。「さあ、ママにおやすみの挨拶(あいさつ)をしてこよう。失礼するよ、クリスティーナ」ステイシーがすわったままでいると、彼の指に力がこもり、強引な命令を伝えてきた。

夜道を市中へ向けて走る車のなかで、ステイシーは石のように押し黙って前方を凝視していた。ポールも小言らしいことは何も言わない。たぶん、家へ帰ってからの楽しみにとっておくつもりなのだろう。

ステイシーは疲れきっていた。このまま眠りに落ちて、目がさめたときにはポール・レイアンドロスとの契約の二年間が終わっていたということにでもならないだろうか。だけど、二年後のわたしは？　はたしてそれまで変わらずにいられるかどうか、あやしいものだ。ポールのような強烈な個性の持ち主との生活が、影響を残さないはずはない。それに、ニコスもいる。おそらく、ニコスとの心のつながりを断ち切るのはむずかしくなるにちがいない。つづいて、ポールの母親の顔を思い浮かべる。いったい彼女はどんなひとなのだろう、あのひとの何がポールのハートをとらえているのだろう。ちくりとある感情がステイシーの心に突き刺さる。絶対に認めたくない、かすかな嫉妬に似た感情……。

「だいたいにおいて、今夜のきみは上出来だった」

ポールの声に現実に引き戻され、ふと見ると、車はガレージの前に止まっていた。車のなかのリモート・スイッチでガレージのドアがするすると開く。

「あなたの態度はがまんならなかったわ」ステイシーは車がガレージにおさまるのを待ちかねるようにドアを開け、車から降りた。

「妻に対する夫の役目を果たしたことがかい？」

「まったく、笑っちゃうわ！　よけいなお世話だわ」

「じゃあ、万一、ぼくがきみを無視するようなことがあっても、文句を言わないかい？」

車とガレージのドアをロックしながら、ポールはきいた。

「そうねがいたいものね。わたしにかまわないで！」

「好きなだけ悪態をついてるがいいさ、そのうちぼくも本気で愛想をつかすかもしれない」

「だったら、ポール、わたしはできるだけうるさくがなりたてるわ。あなたは賃貸契約でわたしの体を所有してるだけよ。心まで自由にする権利はないんですからね」

彼は激情を押し殺したうめき声をもらす。ステイシーはすぐに後悔した。彼にけんかを売っても勝ち目がないのはわかりきっている。

「きみは何がなんでもぼくを怒らせなければ気がすまないらしいが、むだな抵抗だということがまだわからないのか」

彼の手がぐいと腕をつかむ。狭い通路に立って、高いところから見おろされ、ステイシーは脅威を覚えた。

「わたし、あなたとのこういう関係に耐えられないの。あなたはわたしのきらいな男の特徴ばかり寄せ集めたようなひとだわ」彼の視線を受けとめながら、ステイシーは静かに話を続ける。「お金持だなんてことには魅力を感じないわ。わたしが大切だと思うのは、お金で買えるものではないんですもの。ねえ、ポール、わたしは期限つきであなたと暮らすことを承知したんだし、その間は、家族やお友だちの前であなたが恥をかくようなことがないように、できるだけ努力するつもり。だけど、あなたの姓は名のっても、ほんとうの意味であなたのものにはならない。それだけは絶対にできないと思ってちょうだい」

彼は無言のまま、じっとステイシーをみつめている。時間が静止したような、非現実の感覚がステイシーをとらえた。やがて、ようやく彼は口を開いた。

「ベッドへ行きなさい。ステイシー。ぼくはあとから行く」なんの感情もない声だった。

返事もせずに、ステイシーはさっときびすを返し、二階の寝室へ戻った。ていねいにドレスをしまい、化粧を落としてベッドに入る。

うとうとしかけたころ、ドアのノブがまわるかすかな音が聞こえた。つづいて、服を脱ぐ気配があり、まもなくポールがベッドのかたわらにすべりこんでくる。ステイシーはゆっくりと静かに呼吸を整え、眠っているふりをした。

暗がりのなかで、彼の手がのびる。荒い息づかいとともに、彼は強引に唇を重ねてきた。抗議の声はむなしくかき消され、逆らう体は組み敷かれてやがて力を失った。

結局、最後にはいつもこうなってしまうのだろうか。彼が寝静まったあと、ステイシーはひとり、深いため息をついた。ポールは意のままにわたしの反応を支配する、そこが憎らしい。さらに、彼の要求にやすやすと屈服してしまう自分の体が、もっと許せないと思う。

愛の行為は、すなわち愛があってこそ——単なる肉体上の関係だけではないはずだ。事実、そんなに単純なものなら、どれほど気が楽だろう。ポールは手練のかぎりをつくして女の体のすみずみまで官能に燃えたたせ、バイオリンの名手のように自由自在に感情をゆさぶり、妙なる音を奏でさせる。彼のような男を愛すのは苦しみのもとだ。そんな耐えがたい苦悩の深みにはまるつもりはない。憎んでいるほうがはるかにいい。

5

「ステイシー、今夜は何か予定がある?」電話の向こうで、トリーシャの声がきく。どういう風の吹きまわしだろう。ステイシーは笑ってしまった。

「なんにもないわよ。でも、どうして?」

「ポールは?」

「彼は二、三時間くらいわたしがいなくたって大丈夫。どっちみち、今日は仕事で遅くなるって言ってたし、たぶん夕食も外ですませてくると思うわ」

「じゃ、ばっちりね! お芝居のチケットがあるの。会社の福引きで当たっちゃった。先にどこかでお食事してから行くことにしない?」

「賛成」ステイシーは朗らかに答える。妹と連れだって出かけることを思うと気分が浮きたった。「どこで会う?」

「マイヤーズの入口で、六時半ごろ――どう?」

「いいわ。楽しみにしてる」

受話器を戻すと、キッチンへ行って、ソフィに夕食はいらないと伝える。ソフィの不服そうな顔には気がつかないふりをして、ついでに買い物をすませるつもりで、午後、早めに家を出た。

ブティックを何軒も見てまわり、ようやく、明日の夜の集まりに着るのにぴったりのドレスをみつけた。黒のシルクで、胸は大胆に深くカットされ、肩から背中はほとんどまるだしになる。こんなに露出の多いデザインのドレスを着るのは初めてだが、透ける薄地のストールもついていて、とてもセクシーでエレガントに見える。ステイシーはすっかり興奮して、値札の数字には目をつぶることにきめた。

コーヒーを飲んでひと息いれ、買い物包みを車まではこぶと、待ち合わせの時間になる。トリーシャはマイヤーズの入口に立って雨宿りをしていた。

「ハーイ、トリーシャ。待たせちゃった?」

「ううん、あたしが早く来たから」

「いやなお天気ね」ステイシーはぬれた傘を振りながら、顔をしかめて言った。「お食事はどこにする?　とにかく早く暖かいところに入りたいわ」

二人はデパートの近くにある小ぎれいなフランス料理のレストランに入った。ワインをすすり、オードブルをつまむと、ようやく人心地がついた。

「ポールとはうまくいってる?」

不意をつかれて、ステイシーは一瞬、どぎまぎする。「どうしてそんなことをきくの？」つとめて軽い口調で問い返したが、トリーシャの好奇心に満ちた視線に出会い、つい伏し目がちになる。

「だってさ、彼って、相当な亭主関白なんじゃない？　気性が激しくて、傲慢で、冷酷なところがあるでしょう。ポールは大天使の権力と悪魔の性質を持ってるんだって、デイモンが言ってたわ」

「だからなの、トリーシャ？　あなたが彼とデートしてるみたいに思わせようとしたのは、彼にそういう評判が立ってるからだったのね？」

トリーシャはちょっときまり悪そうな顔をしてみせた。「一度か二度は会ったのよ。でも、いいじゃない、お姉さんは苦もなく彼をものにしたんだから」

苦もなくもいいところだわ――事の次第を思い返して、ステイシーはいまさらのように腹が立った。けれども、トリーシャが恋愛結婚だと思っているのなら、わざわざ幻滅させることはない。

「ベッドの彼はすてき？　彼はそのほうでは最高なんだって、もっぱらのうわさよ」トリーシャのいたずらっぽい目が輝く。ステイシーは頬を染めた。

「そんなプライベートな問題についてはお答えできません」

「あ、赤くなってる！」トリーシャがからかう。「ねえ、彼には息子がいるじゃない？

前の奥さん、どんなひとだったの？　ギリシア人、それともオーストラリア人？　なんていう名前？」

「さあ、聞いてないわ」ちょうどウエイターが料理をはこんでくるところだったので助かった。じつは、自分が結婚した相手の男についてほとんど何も知らないことを指摘され、少々あわてていたのだ。

芝居はおもしろかったけれど、いささかどぎつすぎてステイシーの好みには合わなかった。劇場を出ると、外は猛烈な豪雨になっていて、コートと傘もまるで役に立たず、車にたどり着いたときには二人とも全身ずぶぬれだった。

「アパートまで送るわ」ステイシーはちらと腕時計に目をやった。十一時過ぎだ。エッセンダンをまわってキュー地区の家に帰り着くのは十二時ごろになる。ふと、ポールの反応が気になりだした。さぞかし彼は怒り狂っているだろう。かまうものか、好きなだけ怒らせておけばいい。

風雨のなかを、ステイシーはスピードを落として慎重に運転する。そのため、予想よりずっと遅れてトリーシャのアパートに着いた。

「なかに入って、ポールに電話したら？」トリーシャが言う。

「いいの。彼はまだ帰ってないかもしれないし。じゃ、明日、また電話するわね。来週の初めに、家へお夕食に来ない？」

「うん、喜んで。バイバイ、運転に気をつけて！」

トリーシャは車から降りてドアを閉める。妹が無事に家のなかへ姿を消すのを見届けたあと、ステイシーは車のギアを入れて向きを変えた。

雨は依然として激しく降りしきっている。ひとりきりのドライブは二倍にも長く感じられた。角を曲がって、ポールの家がある通りに入るとようやくほっとした。あと二、三分で家に帰り着ける。熱いお風呂とベッドが恋しい。

そのとき突然、信じられないことが起こった。エンジンががくんとゆれて止まってしまったのだ。あわてて燃料計を、つづいてイグニションを確かめ、キーをひねってみる。エンジンはなんの反応もない。五分ほどいろいろ試したのち、ステイシーはついにあきらめて車を降りると、ドアをロックして歩きだした。家までもうそう遠くはない。五、六百メートルくらいだろう。足どりはだんだん速くなり、そのうちかけだしていた。夜道が怖いからではなくて、早く暖かい家のなかへ入りたいだけだと、自分に言いわけをしながら。

門を入るとほっとひと安心。息を切らしながら玄関の石段を上がり、もたれかかるようにベルを押す。

「ねえ、だれか——早く！」待ちかねてそうつぶやいたとたん、ドアが開く。明かりを背にして立っているのはポールだった。

彼はステイシーをなかに引き入れると、音高くドアを閉めた。

「これはなんのまねだ！」耳を焦がすような罵声が飛んだ。黒い瞳は怒りに燃えてぎらぎら光っている。「しかるべき釈明が聞けるんだろうね？」

ステイシーはあごをしゃくった。顔といわず首といわず、水滴がしたたり流れる。「ええ、もちろん。ぬれたものを脱いだらすぐにお話しするわ」

「いったいどこをうろついていた？　車の音は聞こえなかったようだが」

「そうでしょうよ、歩いてきたんだもの」

一瞬、返す言葉もない彼のようすに、ステイシーは内心、にんまりした。やおら腰をかがめてブーツを脱ぎ、びしょぬれのレインコートの袖を抜く。

「そのままでいい！」

「だって、カーペットがぬれてしまうわ」

「カーペットがなんだ！　早く二階へ行きなさい。ソフィに風呂の用意をするように言いつけよう」

「こんな時間にソフィを呼びつけるなんて非常識だわ。お風呂くらい、自分でできます」

「ほう、きみは時間がわかっているとみえる」

ステイシーはきっと彼をにらみ返す。「亭主風を吹かせるのはやめたら、ポール？　そんなの、意味ないわよ！」そう言い捨てて、階段をかけあがり、まっすぐバスルームへ向かうと、大理石の浴槽にせんをして湯の蛇口をひねった。

湯気がたちこめるなかで、手早く着ているものを脱ぎ、バス・エッセンスをたっぷり振り入れてから湯ぶねに身を横たえる。冷えきった体にじんわりとぬくもりがしみ渡り、エッセンスの香りが贅沢な気分にしてくれる。

髪を洗い、ふたたび湯につかって目を閉じた。ゆったりと快い気分にひたっていると、かすかな物音がして、なんと、ポールが入ってくるではないか。

「あなた、何をするつもり？」

「そのせりふは前に聞いたことがあるような気がするなあ」彼はタオルを手にとって、湯ぶねに近づいてきた。「さあ、髪をふいてあげよう」

「よけいなお世話だわ！」

「ぼくの言葉を素直に聞けないのか」ポールは重々しい口調で言うと、いきなり浴槽のせんを抜いた。たちまち浴槽から湯が引いてゆく。「もういちど凍えたくなかったら、さっさとベッドに入るんだ」

「あなたの言うことはすべてが命令なのね」ステイシーは不承不承、立ちあがり、タオルをとって体に巻きつける。「こうしたら、とか、こうしてほしい、みたいな言いかたはできないの？　あなたはいつも命令を出すだけ――それもまったく一方的な押しつけなんだから！」緑がかった金色の瞳が火のようにきらめく。「わたしはお断りよ、暴君の支配は受けないわ！」そして、彼が手荒くタオルで髪をふき始めると、金切り声をあげて叫んだ。

「ちょっと！　そんなに乱暴にしないでよ！」

「乱暴だって？　それどころか、この手できみの細い首をへし折ってやりたいくらいだ」

「どうして？　トリーシャとお食事をしてお芝居を見にいったのがそんなに気に入らないの？　あなたは外で食事をしようと何時に帰ろうとかまわない。わたしはいけないっていうの？」

「会社に電話ぐらいしたらどうなんだ」

ステイシーはせせら笑った。「そんなことをしたら、あなたは行かせてくれたかしらね？」

「そういうきみはどうだ？　ぼくが反対したとしたら、やめたかい？」

「いいえ、もちろん行くわ！　あなたなんか怖くない！　しおらしく服従するなんて思ってたら大間違いだわ！」

怒りをこらえかねたように、ポールはタオルを床に叩(たた)きつける。ステイシーは頭を起こし、震える指で顔にかかる髪をかきあげた。

「すこしブランデーを飲むといい。ぼくがとってこよう」ポールがドアのほうへ行きかける。

「いらないわ。ブランデーはきらいです！」

「飲むんだ。グラスを押しつけてでも飲ませてやる」

彼が部屋に戻ってきたとき、ステイシーは鏡台に向かって、もつれた髪をとかそうとしていた。背後から歩み寄る彼の姿を、鏡の面が大きくとらえる。ステイシーは脅威を覚えた。

「さあ、ブランデーだ」ステイシーは肩ごしに、彼はグラスを差し出す。

「あなたって、ほんとに信じがたいひとね。あきれはてて言葉もないわ!」

鏡のなかで、二人の視線が重なった。「きみが結婚した男は、伝統的な習慣を重んじるギリシア人なんだ。妻の勝手気ままな言動は許せない」

「だけど、ここはオーストラリアなのよ。ギリシアならいざ知らず、この国で女性にそれを期待するのは無理というものだわ。口答えのひとつもしない、ひたすらに従順な妻を望むのなら、わたしではなくてだれかほかのひとと結婚すべきだったわね!」

「運命がぼくたちを結びつけたのさ」彼は冷ややかに言った。「勝利を得るためにはまず戦わねばならないというだろう? ぼくたちがしているのはそれだと思わないか」

「わたしたちの場合は、五分もしないうちに全面戦争の始まりだわ!」ステイシーは髪にブラシをあてたが、彼がめちゃくちゃにタオルでかきまわしたあとだけに、毛先がからみついている。「見てよ、これ! とかすのに何時間かかるか知れやしない!」

「ブラシを貸してごらん。だが、その前にこれを飲みなさい」

ステイシーはグラスを受けとり、中身を彼の顔にひっかけてやりたかった。けれども、冷酷な光を宿した黒い目を見た瞬間、恐ろしい警告がこめられているのを悟った。ゆっくりとグラスに口をつける。強い酒がのどを焦がし、ステイシーはせきこんで、グラスを化粧台に置いた。

「これ以上飲んだら気持悪くなっちゃうわ」

「すっかり飲み干すんだ」ポールはグラスを手にとると、もう一方の手でステイシーのあごをつかんで口に押しあてる。

「野蛮人！」ステイシーはわめく。「あなたなんか大きらい！」

「ほらまた始まった。ひび割れたレコードみたいに、きみはそのせりふを繰り返す」

とっさにステイシーは立ちあがった。くやし涙があふれそうになる。「ぶつわよ！」怒りに震え、のどがつまった。彼は低い声をあげ、つぎの瞬間、ステイシーは反射的に彼に挑みかかっていた。こぶしを固めて彼の厚い胸板を乱打する。だが、苦痛のうめき声をもらしたのはステイシー自身だった。

「やめないか！」たちまちポールは彼女の手首をつかんでひねりあげると、荒れ狂う彼女の顔を容赦のない厳しい目つきでじっとみつめた。「ステイシー、ぼくに逆らおうとしてもむだだと、あれほど言っているのにまだわからないのか」

「きらい！　大きらいだわ！」

「そう言いながら、ベッドではぼくにしがみついてくる。違うかい？」彼はステイシーのあごに手をかけて上を向かせる。あざ笑うような黒い瞳がすぐそこに迫った。

ステイシーはぐっと言葉につまった。「知らないわ」かすれた声でつぶやくように言う。

「そして、ぼくがきみの居所を知りたがるのは単に腹が立つからだと、そう思ってるんだろう?」

またたきもせず、ステイシーは彼の目を見あげた。「お金と引き替えに手に入れた品物を確保しておきたいんでしょ!」

彼の目がわずかに細くなった。「きみは、体と感情はおとなの女だが、考えることはまるで子供だ」

「それはあなたのせいよ。いつもあなたはわたしを子供のように扱ってるじゃない」

「きみはぼくの妻だ」

「ええ——愛情も敬意も、まったくなくてもね」

ポールは唇に皮肉な微笑を浮かべた。「そんなものはしょせん、不可能なんじゃないのかい?」

しばらくのあいだ、ステイシーは黙って彼の顔をみつめたが、かすかなあざけりの色が読みとれるだけだった。やがて、彼女は深いため息をもらし、彼の手を振りほどこうとした。

「もう遅いわ。髪を乾かさなくちゃ。放してちょうだい、ポール」

「ブラシを貸してごらん」そう言うなり彼はステイシーの手からブラシをとりあげ、やさしく巧みに、もつれた髪をほぐしていった。

「さあ、ドライヤーを使って」彼が命令する。ステイシーはドライヤーのスイッチを入れ、そばでじっとみつめる彼の目を意識しながら、髪に温風をあて始める。

それが終わると、ポールは彼女の髪をひとつかみ手のひらにとり、そっと指を走らせる。

「うーん、濃い茶色の絹糸に金を流したようだ」そうつぶやいて、口もとに持っていく。

「さらさらして、新鮮で――男ならここに顔をうずめたくなる」それから髪をわきへやり、なめらかな白いうなじを露出させる。耳たぶの後ろのくぼみに、熱い唇が押しあてられるのを感じて、ステイシーは思わずぞくりと体を震わせた。

「やめて」こころもとない声でささやく。彼の両手は肩からウエストへ、そしてゆっくり胸の上へと上がる。

「いいじゃないか」彼はステイシーの肩ごしにナイトガウンの襟を開こうとする。むなしい努力と知りつつ、ステイシーは身をよじって彼の手を払った。

「今夜も支払いを要求するつもり、ポール？」

「ああ、そうだとも！」一瞬、彼の目にきらりと怒りの火が宿った。つぎの瞬間、断固とした決意の色に変わる。静かに彼は手をのばし、豊かな胸のふくらみをおおっていたナイトガウンを一気にはぎとった。

ステイシーの顔から血の気が失せ、ショックのあまり、目は大きく開く。邪悪な光をたたえた黒い目が接近し、荒々しい火のような唇が襲いかかった。

長い長い口づけが続いた。ようやく彼が顔を起こすと、ステイシーはあえぐように深く息を吸いこんだ。しびれてうずく唇に、震える両手をあててそっと押さえる。もはや反抗する気力も残っていなかった。

「きみがあくまでぼくたちの関係を金銭上の取り引きとしか見なさないつもりなら、夜の女なみに扱われるのを覚悟するんだな」彼は冷ややかに言い放ち、ゆっくりと自分の着ているものを脱いで椅子にほうると、ステイシーの体を抱きあげてベッドへはこんだ。

彼の手の動き、唇の攻撃は、情け容赦もなく彼女の欲望をかきたてる。たちまち彼女は官能の渦に巻きこまれていった。卓抜した音楽家のように、彼は楽器の性能を余すところなく引き出す。敏感な脈動のひとつひとつをゆり起こし、甘美なハーモニーを奏で、やがて怒濤のようなクレッシェンドで終局を盛りあげる。

ひとりの男の手で、これほどまでに身も心も、かく乱されてしまうとは……。ステイシーはほんとうに死にたいと思った。熱に浮かされたような頭のなかで、こんな落とし穴から逃れ出る力がどこにあるだろうと考える。自由の身になったとして、何が残る? とうてい生きていけないむなしさが待っているだけだ。争い、怒り――それは移ろいやすい感情をなんとかつなぎとめるための、せいいっぱいの努力の表れだった。けれども、もう遅すぎる。すでに手遅れなのだ。ひとしずくの涙が、ゆっくりとステイシーの頰をつたった。

腹立たしげに悪態をつきながら、ポールは毛布の乱れを直し、スタンドの明かりを消した。ステイシーは慰めがほしかったが、それが求めて得られるものではないことはわかっていた。暗闇のなかで、涙が彼女の枕をぬらす。そうして、疲れきった頭はやがて忘却の世界へといざなわれていった。


ステイシーは新しいドレスを身につけ、いつになく入念に化粧をした。鏡に映る姿は我ながら上出来だった。ドレスの黒いシルク地は栗色の髪をいっそう鮮やかに浮きたたせ、胸もとの深いカットとしなやかにフィットしたスカート・ラインが、すんなりと細い体の曲線を強調している。先のとがったぐっと高いヒールの靴は脚をさらに長く、背を高く見せ、極薄手のウールのストールは空気のように軽く優雅に肩をおおっている。

「支度はできたかい?」

よく響く低い声がきく。ステイシーは振り返り、素直にうなずいて、バッグを持ち、夜会服をスマートに着こなした彼のほうへ足をはこんだ。

ポールは上着のポケットに手を入れ、細長い宝石ケースをとり出した。

「きみにプレゼントだ」そう言って、彼はケースを開け、ステイシーの首に手をまわし、波打つ髪をそっと払いのけるようにしながら後ろで留め金をはめた。

下を向くと、ふくよかな胸の谷間に、みごとなしずく形のダイヤモンドがおさまっている。ステイシーは顔を上げて彼の目をみつめた。「ありがとう」静かな声で言う。「とてもきれいだわ」

彼の視線は刺し通すように鋭くなった。「ばかにおとなしいんだね」ダイヤモンドをつないでいる金のチェーンの上を指でなぞりながら、彼はからかう。「体の具合でも悪いんじゃないのかい?」

ステイシーはしばらく沈黙していた。やがて、にこりともせずに答える。「きついレッスンのおかげよ」

「きみには、理性を失う瀬戸際まで追いやられることがあるんでね。さて、出かけるとしようか」

ステイシーは先に立って部屋を出た。階段をおり始めると彼が並んで肘に手をかけ、車のシートにおさまるまでその手を離さなかった。

「クリスティーナとはレストランで会うことになってるの?」車が本道の交通の流れにのってから、ステイシーはきいた。

「気になるのかい? それとも、話のいとぐちかな?」

「どっちでもいいでしょ」

「レストランだ」ポールはちらとステイシーに目を向けた。「ギリシア料理にギリシアの音楽。きみにはめずらしいだろうから、楽しみにしてなさい」

楽しみだなんて。あのクリスティーナが一緒だっていうのに。あのひと、きっとわざとギリシア料理店なんか選んだんだわ――同じギリシア系の女性を妻にしなかったのはとんでもない間違いだったとポールに思い知らせるために。そういえば、彼の最初の結婚相手はどんなひとだったのかしら。ステイシーは、彼にきいてみたいと思ったが、自分と直接関係のないことに関心を示すのはためらわれた。

まもなく、ポールはとある店の前に車をとめた。なんの変哲もない入口を一歩入ると、そこはもう、ギリシアかと錯覚するほどの雰囲気にあふれた店だった。四人のミュージシャンが奏でるギターとブーズーキの陽気な音楽にのって、女性歌手が郷土色豊かな民謡をうたっている。ほとんど満席の店内を、カラフルな民族衣裳を着たウエイターやウエイトレスが忙しげに立ち働いている。

「クリスティーナのグループはもうみんな来ている」ポールが耳うちする。ステイシーはつとめて表向きの微笑をたたえ、案内のウエイターについて奥のテーブルへ足をすすめた。

「ポール！　お待ちしてたのよ！」晴れやかなソプラノの声が迎える。「ステイシー、チャーミングだこと」

その挨拶を、ステイシーはとりあえず言葉どおりに受けとることにしたが、クリスティーナのすばやい視線が、身につけているものをひとつ残らず値ぶみして通ったのを見逃しはしなかった。

紹介がすむと、ポールはすすめられるままにクリスティーナの隣の席につき、ステイシーは彼の左に腰をおろして、自分の前のグラスに注がれたウーゾ酒を手にとった。

最初から、クリスティーナはほかのだれにも気づかれないような微妙なやりかたでステイシーの感情をいらだたせた。ギリシア料理を知らないステイシーはメニューを読むのに手間どり、デザートのオーダーは結局ポールにまかせるはめになった。

会話はともするとギリシア語になる。もちろん、そうしむけるのはたいていクリスティーナだ。その手にはのらないつもりでいても、自然、ステイシーは仲間はずれになり、むっつりと黙りこむほかはなかった。

「踊らないか?」突然、ポールが言った。

ステイシーは夫の表情をじっとみつめ、やがて目を伏せるようにして静かに答える。

「わたし、ギリシアのダンスは知らないから」

「いや、民族ダンスもあとでやるかもしれないがね、あれは男だけで踊るものだ」

「クリスティーナに申し込んだら?　きっとあなたと踊りたがってるわ」断るなんて、どうかしてる。彼の腕のなかに飛びこみたいくらいなのに。

「ぼくはきみを誘ってるんだ」

「あら、どうして?」ステイシーは大胆に切り返したが、彼のからかうような視線を浴びて、思わず頰を染めた。

「理由を言わせたいのかい？」黒い瞳は、遠慮会釈もなく彼女の顔を眺めまわす。ステイシーは、彼の熱い唇が自分の口に、そしてのどのまわりで狂おしく脈打つ血管の上に、実際に押しあてられるような気がした。

ダンスは明らかに所有権を誇示するためなのだ。そんな見え透いた目的に利用されるのはいやだった。けれども、ここで騒ぎたてると人目をひくし、何よりも、不和が暴露してクリスティーナの思うつぼにはまってしまう。

「いいわ」ステイシーは答えて立ちあがる。彼の腕に抱かれたとたん、みぞおちのあたりにずきんと痛みが走った。彼の広い胸に顔をうずめたくなる誘惑を、身を固くしてけんめいにこらえながら、左手は落ちつきなく動く。

「きみは楽しんでないのかい？」耳もとに口を寄せ、彼は小声できいた。その口調にかすかなあざけりを感じとり、ステイシーは反抗的になる。

「あいにく、わたしはエスコートに無視されることに慣れてませんからね」

「つまり、ぼくにもっと目をかけてほしいというんだね？」彼の息が額にかかった。「よし、こっちを向きなさい」

かたくなに顔をそらしていると、いきなりがっしりした指がステイシーのあごをとらえ、上を向かせる。彼の目はあくまで黒く、なんの表情もうかがえない。つぎの瞬間、彼はそっとやさしく唇を重ねてきた。

「やめて!」なぜかうるんだ瞳を上げて、ステイシーは言った。

「なんだい、たった今、きみを無視したといって責めたくせに、こんどはやめろかい? まったく気まぐれな子だよ、きみは」

「子供じゃありません! わたしをからかうのはよしてちょうだい。そうでなくても、わたしはもう十分、ばかにされてるんだから」

「どうしてそう思うんだ? 言ってごらん」

はっきりした根拠もないのにクリスティーナを非難するわけにはいかない。それに、もしかしたら、わたしの考えすぎということも、なきにしもあらずだ。「わたしの夫はギリシア人、それも、知り合ってから六日にしかならないわ」ステイシーは用心深く言葉をつないだ。「お店はギリシア・スタイル、あなたはわたしの知らない言葉でしゃべってるし、まわりはみんな同郷の人たちですもの。わたしが場違いだと感じるのはあたりまえでしょ?」

ポールはしばらく黙ってステイシーの顔をみつめた。ステイシーは、心のなかをすっかり見通されているような気がした。「はっきり言えば、きみはギリシアの習慣を覚えたいということなのかい? それとも、クリスティーナがなにかときみをよそ者扱いするのがおもしろくないだけなのかい?」

「わかってたのね」

「クリスティーナとは、古くから家族ぐるみのつき合いなんだ」ポールは苦笑する。「彼女がぼくとの結婚を夢みていたのはたしかだし、きみに恨みを抱くのも予想していた」

「喜んでおゆずりするところだったのにね！」

「かわいそうなステイシーか。二年の刑できらいな男につながれて」彼は軽口を叩く。

「ええ、そのとおりよ」ステイシーはきっぱりと応じたが、口とは裏腹に、心のなかは複雑な感情が渦巻いていた。はたして、ほんとうに憎しみと言いきれるだろうか。今ではなじみになったあの奇妙な興奮がまたしても身内にわき起こるのを感じながら、黙って彼をみつめるばかりだった。

テーブルに戻ると、クリスティーナの姿がない。ほっとしたのも束の間、やがてパートナーと手をとり合った彼女が現れ、ポールにつぎのダンスを申し込んだ。

もしもステイシーの嫉妬をあおるのが目的だったとすれば、クリスティーナの作戦は図にあたった。くやしいけれど、むつまじげにポールの腕のなかで踊るクリスティーナを見て、ステイシーはハートにぐさりと突き刺さるような痛みを覚えた。ばかね、わたし。愛してるわけじゃなし、ポールがだれと何をしようと関係ないじゃないの。あんなけだものみたいな、横暴で冷酷な男、クリスティーナにあげちゃいたいわ！

同じテーブルにいた男のひとりが、ステイシーをダンスに誘った。その声につられるように立ちあがる。そこへ、ポールがすんなりと割って入った。

「悪いけどね、きみ、ぼくが許さないよ。ワイフのダンスのパートナーはぼくだ。わかってくれるだろう?」

男は苦笑いを浮かべた。「ああ、わかるとも、ポール」そして、ちらと同情めいた視線をステイシーに向け、それからポールの顔に目を戻す。「こんな美人のワイフを持てば、ぼくだって目を離したくはないからな」

ポールは慇懃にうなずいてみせた。「ともかく、それを聞いて安心したよ」そう言うと、ステイシーの手をとって自分の唇に持っていく。上目づかいにみつめる彼の目が、挑むようにぎらりと光る。「踊ろうか、ダーリン」

一瞬、ステイシーはかっとして彼をひっぱたくところだったが、手が出る寸前にかろうじて衝動を抑えた。並みの男ならたじろぐようなまなざしを彼に向け、興味津々の周囲を意識して、口もとにかすかな微笑をたたえながらフロアに出ると、全身をこわばらせて彼を遠ざける。

「どうしてあんなに――まったく、あなたってひとは……」こみあげる怒りに声がかすれる。

「それだけかい? ときとして、きみはぼくを攻撃する言葉を忘れてしまうらしいね」

「あなたはクリスティーナと踊ったじゃない! わたしがほかのひとと踊ってどうしてい

けないの？」

「きみはぼくの妻だ」彼はこともなげに答える。

「まあ、あきれた！　そんな話って、ある？　典型的な性差別主義者の言いぐさだわ！」

「ぼくがほかの女と踊ることに文句があるのなら、そう言えばいい」

「わたしはかまわないわ。かまうもんですか！　冷たくなるだけ。それでもいいの？」

彼の顔には、あざけるような皮肉な笑いが浮かんでいる。「ああ。きみがぼくの腕のなかで見せる、あの熱っぽい反応をちゃんと記憶しているからね」

とたんにステイシーは顔が蒼白(そうはく)になるのがわかった。目は輝きを失い、ぽっかりと開いた深い池のように暗くかげる。「悪いひと」苦い口調でつぶやく。

「しかし、ほんとうだろう。ぼくたちは、ベッドではしっくりいっている。それを否定するのかい？」彼は悪魔めいた笑い声をもらした。「あんなにうぶでおくてだったきみが、たちまち成熟した。最初のころの慎みはもう過去のものだ、違うかい？」

彼の言葉が耳に痛い。認めたくない真実が心にしみて、やりきれない思いにさせられた。

「わたし、もう帰りたいわ」やがてステイシーは言った。「タクシーを拾います」

「一緒に帰るよ」

「今すぐ？」

彼は肩をすくめる。「ああ、いいとも」

「だって、あなたはお友だちが……クリスティーナもいるし……」

「なあに、彼らはぼくがベッド・インしたくて矢も盾もたまらなくなったと思うだろうよ」

ステイシーは神経質な笑い声をたてた。「ほんとにそのとおりですものね。あなたって、多分に肉体派だと思わない？」

「それは苦情かい？」

「あたりまえでしょう。たまにはあなたの欲望の犠牲にされないでゆっくりやすみたいものだわ！」

「結構な幸せじゃないか。男に求められないようになったらおしまいだよ」

「もう、うんざり。あなたにはつき合いきれないわ」ステイシーはのどをつまらせる。

「とにかく、ここを出ましょう」すでにがまんの限界にきていた。今夜は何から何まで気にさわることばかりだ。席に戻って、ポールが小声で言いわけをしているのも、友人たちの詮索がましい視線も、ほとんどステイシーの意識のほかだった。

車に乗りこむと、いくらかほっとした。シートに深く背を沈め、目は見るともなく、前方を凝視する。交通の流れをぬって、彼はなめらかに車を走らせた。

6

「わたしはやすませてもらいます」玄関のドアを入るとすぐに、ステイシーは言った。

「ナイトキャップをつき合う気はないというんだね？」ラウンジのほうへ行こうとする足を止め、ポールが皮肉たっぷりな口調できく。ステイシーは首を横に振った。「よろしい。じゃあ、二階へ行ってなさい。ぼくもすぐに行く」

「わたし、たぶん眠ってるわよ」

「だったら、起こしてやるさ」

ステイシーは、毒を含んだまなざしを彼にあてた。「あなたに触れられるのがたまらなくいやだって、いったいいったい何度言ったらわかるの？」

「いったいいつまで、きみはそう子供っぽいまねを続けるつもりなんだ？」ポールの目に、からかうような光が浮かんでいる。ステイシーはぷいと彼に背を向け、階段をかけあがった。

寝室へ入るなり、大あわてでドレスを脱ぎ、シルクのナイトガウンをはおってバスルームへ行くと、メーキャップを落とし、歯を磨く。五分後には、ベッドに横たわり、スタンドの明かりを消して、体の緊張をほぐそうとしていた。いらいらと寝返りを打ち、枕のぐあいを整える。

部屋のドアが開くかすかな音を聞き逃すまいと、無意識のうちに耳を澄ましている。ポールが手をのばしてきたら、追いつめられた雌狐みたいに、猛然と歯向かってやろう。横柄で高慢ちきなずうずうしいやつ――今夜こそは、彼をひっぱたき、ひっかき、怒りのたけをぶちまけてやる。彼みたいに腹立たしい男がほかにいるだろうか。ポール・レイアンドロスと一緒にいると、二、三分のうちにたちまち戦いの火の手が上がり、お互いの感情が爆発する。

ふと、ポールが部屋に入ってくる気配に、ステイシーは息をつめた。けんめいに呼吸を静め、眠っているふりをする。ほんとうに眠っていると思えば、彼はそっとしておいてくれるかもしれない。

彼の重みでマットレスが沈む。と、まもなくステイシーの望みはあえなく消し去られた。押しのけようとしてもがく彼女の耳もとで、彼はくっくっとのどにかかった笑い声をあげる。その声が、彼女の怒りに火を注いだ。ステイシーは無我夢中で彼に挑みかかり、こぶしを振りまわす。効果がないとわかると、たくましい肩に思いきり深くかみついた。

「この、どら猫め！」ポールはうなるように言って、ステイシーの頭を肩から押しやる。

ステイシーは荒い息を吐いた。「わたしがおとなしく横たわってあなたを受けいれるとでも思ってたの？　あっ、痛い！」柔らかい胸のふくらみに激しい痛みが走り、思わず悲鳴をあげる。「野蛮人！　よくもわたしをぶったわね！」

「きみのご挨拶にお返しをしただけさ」ポールはすばやく彼女の両手首をつかんで逆手にひねり、反撃をはばむ。

「ずるいわ！　手を放して！」必死に暴れ、ふと気がつくと、くやしいことに、彼の上になって半ば伏せたような格好になっている。

「ダーリン、あいにくぼくはけんかをしたくはないんでね」彼は含み笑いをする。

「あなたのしたいことくらい、聞かなくたってわかってるわ」ステイシーは憎々しげに言って、むなしく身をよじる。彼の一方の手が、胸の輪部をなぞるようにゆっくりと触れてくる。「よしてよ！　まったく、動物とちっとも変わらないのね！」

「そう言うきみの反応はどうなんだ？」

彼の手は髪をかきわけてうなじにかかり、力をこめて彼女の体を引き寄せる。手に代わって、こんどは唇が胸をくすぐり、痛みの入りまじった奇妙な快感を呼びさます。

「どうしてこんなものをつけてる？」ナイトウエアの肩ひもをずらしながら、じれったそうに彼がつぶやく。

「宇宙服でも着てるんだったわ、それで……」布地の裂ける音がして、ステイシーははっと息づまる。「あなた、これ、いくらするかわかってるの?」

「いや」彼はかまわず、彼女の体をぴったりと抱き寄せ、そのまま半回転して自分が上になる。

「悪魔だわ」ステイシーは低い声でなじる。「しょうがないわね、さっさとすませてちょうだい!」

一瞬、彼ははたと動きを止めた。全身の筋肉が怒りにこわばっている。ステイシーは震えあがった。

「ああ、そうしたいところだ」彼は歯ぎしりをして言う。「しかし、いくら腹が立っても、それだけのために金で買った女のようにきみを扱うのは断る。代わりに、ぼくの体を求めてきみが哀願するまで責めたててやる」

それから長い時間が過ぎたあと、ステイシーは疲れはててひとり横たわっていた。自分のくやし泣きの声が、地獄に落ちた者の嘆きのように耳のなかで鳴り響く。ポールの予告どおり、彼女の全身はたちまち耐えがたいうずきにかりたてられた。彼の口が、手が、体じゅうの感覚を目ざめさせ、脈動を誘い、感情をかく乱する。肉体も精神もともに悲痛な叫びをあげ、そんな自分が情けなく、哀れに思えて、あふれ出る涙が枕をぬらした。熟達した手管を駆使して、彼は極限まで彼女の反応を追いあげる。彼女はついにこらえきれず、狂ったように彼にむしゃぶりついていった。そう、自分が臆面(おくめん)もなく彼をののしった言葉

――動物なみに欲望をむきだしにして。

やがて眠りに落ちた彼女は、なんだかわからない影のようなものに追いつめられ、責めさいなまれる夢にうなされた。つぎの朝、目ざめてベッドの隣が空になっているのを知ったとき、自分を悪夢から救ってくれたあの力強い抱擁ははたして現実だったのか、苦しまぎれの頭が生み出した幻にすぎなかったのか、もはやわからなくなっていた。


その日の夕方近く、ニコスの帰宅は家のなかに新鮮な空気をもたらした。夕食のあいだじゅう、ステイシーはすすんで明るく友好的な態度を示し、ポールもそれに調子を合わせたので、二人して幸せな家庭の雰囲気をつくり出すのに成功した。

ニコスが自分の部屋に引きとるとすぐに、ステイシーは疲れていると言いわけをして、ポールのそばから逃げ出した。寝室に戻り、風呂に入って、ていねいに体を洗い、昼間のうちに街へ出て買ってきたフランス香水をつける。それから、大胆な黒いレースのブラとビキニのパンティをつけ、赤いばらの飾りがついている黒のガーターを片方の太ももにはめる。鏡台の前に腰をおろし、髪がぴかぴか輝きだすまでブラッシングをする。メーキャップは薄く、唇だけはくっきりと、どぎつい口紅を塗る。

身支度がすむと、部屋の明かりを消し、スタンドの淡い照明をともす。朝方思いついたこの計画は、実行する段になると、たいへんな勇気がいる。十分ほどそうして待っているうちに、せっかくの決意もうそのようにしぼんでいった。あと二、三秒もあれば、ナイトガウンをはおってベッドにもぐりこんでいただろう。だが、遅すぎた。ベッドのほうへ歩きだしたとたん、ポールが部屋に入ってきた。

　ステイシーはその場に棒立ちになった。そして、彼の表情に予期した効果を見てとるや、がぜん勇気百倍、わざとらしいしなをつくる。

「わたしでよかったら、たっぷりサービスするわよ」いぶかしげな彼の目をとらえ、媚(こ)びるような笑みを浮かべる。「どう、お気に召さない？」

　彼の黒く光る瞳は、ゆっくりと彼女の体を眺めおろし、また元へ戻る。「ぼくを喜ばせるつもりなのかね？」

「ええ、もちろん」ステイシーはつま先立ちでくるりとまわってみせる。「どうやら、わたしは特定の目的のために買われたようだから、それにふさわしい身なりをしたほうがよろしいでしょ？」

「きみはぼくの妻という立場をそんないかがわしいものにしたいのか」低い、静かな声が不気味に響く。ステイシーはたじろいで視線をそらした。

「だって、ゆうべあなたは……」

「きみの態度に応(こた)えたままでだ。この家の主人はぼくなんだ、それを忘れるな」

「わたしはどうなのよ、ポール。感情を持つ権利もないのかしら？」

「きみはぼくの姓を与えられている」

「まあ、そんなこと、わたしがうれしがるとでも思ってるの?」ステイシーは言い返したが、こんな身なりをしていては威厳を保つのが困難だった。

「子供っぽいまねはやめなさい、ステイシー。権利も資格もないもんだ」

「それ、ほめてるの、けなしてるの?」

彼女を無視して、ポールは上着を脱ぎ、ネクタイをとると、器用な手つきでシルクのシャツのボタンをはずし始める。するりとシャツが抜きとられ、たくましい広い胸があらわになった。濃い胸毛におおわれたオリーブ色の肌、力のみなぎる引きしまった筋肉。ステイシーは、またしても意志を裏切る欲望の火が身内に燃えあがるのを感じて、思わずぞくっと体を震わせた。

「部屋着をはおるか、ベッドに入るか、どっちかにしなさい」彼が命令する。

「どうして? 何か気にさわったかしら?」

「言われたとおりにするんだ。さもないと、きみのすてきな後ろの小山に、この手が飛ぶことになるぞ」彼はベルトのバックルをはずす。「明日は一時間以上もドライブする予定だ、お尻が痛くてはつらいだろう」

「もういくつも打ち身をちょうだいしてるもの、一つや二つ増えたって同じでしょ?」

「戦闘の傷跡かい?」ポールはそばに歩み寄り、あざになった跡をひとつずつそっと指でたどった。

「やめて！」ステイシーは叫び、一歩あとずさる。「明日はどこへ行くの？」すばやく手をのばして部屋着をとり、彼の意地の悪い視線を感じながら、いそいで袖を通す。

「かわいそうに……。もっとも、そのすべすべの布地の下にあるものを知っているぼくとしては、追加をお見舞いするのはなかなかに魅惑的だがね」

「ニコスも一緒に？」なんとか彼の注意をそらそうと、ステイシーはきいた。

「ベレアリン半島にぼくのビーチハウスがある」ポールはちょっと肩をすくめた。「そこはだれにもわずらわされず、週末に仕事の息抜きをするのに最適なんでね、ニコスとぼくは、天気に関係なく、ひまさえあれば逃げこむことにしている。この学期休みには、ぼくも週末のつき合いを断ったから、ゆっくり過ごせるだろう」

「わたしたち三人だけなの？」ステイシーは当惑を隠しきれなかった。ウイークエンドをまるまる、ビーチハウスにこもって三人が顔をつき合わせるとなると、ニコスのために仲むつまじい夫婦役を演じ続ける気苦労が思いやられる。

「そうだ。朝食をすませたらすぐに出発する」

「だったら、早くやすんだほうがいいわね」まさかこんなことぐらいで彼が引きさがるとは考えられない。腕をつかまれるのを覚悟でベッドのほうへ歩きだす。だから、彼がベッドの向こう側へまわり、さっさとベッドに入るのを見たとき、ステイシーはむしろ拍子抜けがした。それでもなお警戒しながら、黒いレースの下着を脱ぎ、引き出しからナイトガウンをとり出して、頭からかぶる。

ポールは手をのばし、スタンドの明かりを消した。ステイシーもベッドにすべりこみ、じっと体を固くして彼のようすをうかがっている。やがて何分かのち、彼は安らかな寝息をたて始める。こんなにあっさり解放されるなんて、にわかには信じられない。おずおずと、ステイシーは緊張を解いた。

けれども、その夜ステイシーが得たものは、解放感とはほど遠いものだった。彼なんかほしくない、そう頭で思っても、闇のなかで天井を向いて横たわっていると、もやもやとしたいたたまれないような思いがする。目をつぶり、眠ろうとすればするほど眠りは遠のいていくようだ。そうして果てしなく長い時間が過ぎ、ようやく束の間の眠りにいざなわれていった。

ベレアリンまで一時間ちょっとのドライブは快適だった。ポールが運転するBMWはプリンス・ハイウェイをらくらくとハイスピードで疾走する。

ステイシーはスラックスにジャンパーというでたち。後ろのシートには、車から外へ出たときにはおる、裏に毛皮をはったスエードのジャケットがある。コーデュロイのズボンと厚手のセーターを着たポールは、いつもの背広姿とはまた違ったラフな男っぽい魅力を見せている。ニコスも同じような服装だった。

車中は意外にも、和気あいあいとした雰囲気で、会話がはずんだ。父親と息子の間が非常に親密なのはもちろんのこと、絶えずステイシーを会話に引き入れようとするニコスのおかげで、彼女も気づまりな沈黙に陥るようなことはまったくなかった。

ビーチハウスと聞いて簡単な山小屋風の建物を想像していたステイシーは、まずその堂々たる外観にびっくりさせられた。総ガラスのドアの向こうに、ポート・フィリップ湾のみごとな眺望がひろがり、家のなかは、いくつもの部屋が並んだ広い廊下につづいて、広大なラウンジになっている。床にはカラフルな絨緞(じゅうたん)、籐(とう)のソファと椅子に深々としたクッションが置かれ、キュー地区の家とは比べものにならないくつろいだ雰囲気をかもし出している。

「ぶるるっ！」ニコスが両手をこすりながら、おどけた声をあげる。「さっそくセントラル・ヒーティングを入れなくちゃ。ぼくがやろうか？」

「セントラル・ヒーティングですって？　ビーチハウスに？　まあ、冗談でしょう？」

「ぼくは地中海人種だからね」ポールが苦笑を浮かべて言った。「風雨をいとわぬところもあるが、リラックスするときにはやはり暖かいほうがいい」

ニコスは声をあげて笑い、ステイシーにちらといたずらっぽいウインクをしてみせる。

「パパはきっと、気むずかしくて手に負えない老人になるよ」

関係ないわ。わたしはとっくにおさらばしてるもの――ステイシーは声に出して言ってやりたかった。老いぼれたポールなんて、今の彼からは想像もつかない。「毛布にくるまった痛風病みの怒りっぽいお年寄り、ね？」

「言ったな！　いずれおりをみてかならず仕返しをしてやるぞ」ポールがわざと怖い声音で口をはさむ。ニコスは愉快そうに吹き出した。

「ぼくは釣りに行ってもいいよ」ニコスはそう言って、父親からステイシーへと、妙におとなびた視線を投げた。ステイシーはなぜか気恥ずかしさを覚え、家のなかを見てまわるという口実でその場を離れた。

寝室が四つ、バスルームが二つあり、大家族の家庭風のキッチンには、大小さまざまな料理道具や食器がそろえられている。卵、バター、ミルク、それに各種のジャムが冷蔵庫に用意され、冷凍庫もぎっしり食品で埋まっている。

「どうだい？　満足かい？」

ステイシーは振り向きもせず、戸棚をつぎつぎに開けては閉める。「もちろんよ。だけど、わたしにはギリシア料理はできないわよ。ここにいるあいだのお食事は、わたしがつくるわけね？」

「クイーンズクリフまで行けば、レストランもある」ポールは彼女のそばに近づいた。「それに、ニコスもぼくも、まんざら捨てたものじゃないんだよ。ここへ来ると、いつも交代で料理をしている」

「まあ、ほんとに?」彼が料理をするなんて信じられない。「わたしの腕前は、本職はだしとまではいかないけれど、そこそこのものはつくれるわ」

「ニコスとぼくは、昼食がすんだら舟を出して釣りに行く。きみも来るかい?」

ステイシーはかぶりを振った。「わたしは舟に弱いの。家にいてもかまわない?」

「ああ、そのほうがよければ。ぼくたちも暗くなる前に戻ってくる」

「じゃ、お夕食の用意をしておくわ。ところで、いつも夜は何をするの?」

「トランプ、テレビ、あとは話をしたり……」

「トランプは何を?」

「きみもやるの?」彼の眉がぴくりと上がる。「ポーカーをかい?」

「ほんのお遊び程度だけど」ステイシーは答えて、横目で彼をにらんだ。「女だてらにと言いたいんでしょ? 入れてくれるわけないわよね」

ポールは小ばかにしたような表情で笑う。「どうして? いいじゃないか。ニコスが喜ぶ」

「あなたは、ポール? ひょっとしてわたしが勝ちでもしたら、あなたは平気でいられる?」

「エースを袖に隠そうなんて考えてるんじゃないだろうね? どうやら今夜はおもしろく

なりそうだ」

ステイシーは負けじとしかめ面をしてみせた。「いつまでキッチンにぐずぐずしているつもり？　仕事を言いつけるわよ」

「ぼくもひとつ思いついた——もっとも、仕事とは言えないが」彼はステイシーの上にかぶさるように頭を傾けた。唇が接近し、軽く触れてくる。甘く、やさしい口づけ——この情なしの、身勝手なギリシア男からは考えも及ばないやさしさだった。

「おじゃまだったら、ぼくはしばらく外に出てましょうか？」ドアのところから、ニコスがからかい半分に声をかける。ポールは深いのど声で笑った。

「ステイシーはお昼のメニューを考えてたところだ」ポールの黒く光るまなざしは、食べもののことなど思いのほかなのを明らかに物語っている。恥知らず！　ステイシーは、こんなときにも欲望を隠そうとしない彼がおぞましく、腹立たしかった。

怒りか当惑か、判然としない感情に、ステイシーは顔を赤らめながら、意志の力を振りしぼって笑顔をつくった。「スープ——野菜スープがいいわね。それから、マッシュルームとベーコンとオニオンのオムレツ、パンと、あとは何かデザートを用意するわ。今夜はシチューにしましょう、夕食までにはお肉が解凍するはずだから」

「いま暖房を入れたから、じきに暖かくなるよ」ニコスが言った。

「さてと……ぼくらはボートの点検をするとしようか」ポールはニコスを誘って、ドアの向こうに姿を消した。

　昼食はなごやかにすすみ、会話はほとんどポールとニコスの釣りの自慢話に終始した。二人とも満足そうに料理をたいらげ、一時過ぎに家を出ていく。

　ステイシーはテーブルを片づけ、皿を洗った。ひとりきりの時間はすこしも苦にならない。やがて、シチューの材料をそろえ、鍋をとろ火にかけると、ジャケットをはおって外に出た。

　空は暗く、あやしい雲行きだ。南の黒雲が急速に東へ動いている。ステイシーはジャケットの襟を立て、両手をポケットにつっこんで、海面に目を凝らした。ボートが二隻、出ていたが、距離も遠いし、そもそもポールのボートを見たことがないのだから、むろんどちらともきめがたい。冷たい風が吹きすさぶ波打ちぎわを、貝がらなどを探しながら歩きかけて、寒さにいたたまれず、あと戻る。家につづく坂をのぼり始めたとき、大粒の雨が降りだした。

　暖房のきいた家のなかは天国のようだった。シチューの煮えかげんを見、デザートをつくる。野菜サラダの用意をすますと、ラウンジへ行って、テレビのスイッチを入れた。

　雨は激しく窓を叩(たた)き、遠くの雷鳴が嵐(あらし)の襲来を告げている。六時になっても、ポールとニコスは帰らない。さすがにステイシーはなんとなく不安になってきた。

　七時にテーブルをセットし、食事の支度がすべてできあがったちょうどそのとき、裏のドアが開いて外の冷たい風がどっと流れこむ。同時に男たちの声が響いた。あまり急だったので、ステイシーは心配の色を隠すひまがなかった。

波しぶきと雨にぬれた顔で、彼らは意気揚々と獲物を披露した。

「明日の朝とお昼の分まであるでしょ。もう洗ってきたから、冷蔵庫に入れとくよ」ニコスが言う。

「あ、待って。今お皿を……」ステイシーは食器棚に手をかける。と、わきからもうひとつの手がのびて、さっと大皿をとり出し、配膳台の上に置いた。

「心配してたんだね」ポールはまじまじとみつめる。

「いいえ、どういたしまして」ステイシーが否定すると、彼はくっくっと含み笑いをもらし、避ける間もなく唇を重ねてきた。力強い腕に抱きしめられ、ステイシーは身動きもできない。彼の唇はしょっぱい味がした。

「うそつきめ！」やがて彼は手を離し、低い声でなじった。ステイシーはぷいと背を向ける。ニコスの視線が気になっていた。

「お食事の支度ができてるけど、今すぐ召しあがる？　それとも、シャワーを浴びてから？」

「食事は十分後だ」ポールは宣言する。「うーん、うまそうなにおいだな。さあ、ニコス、バスルームを二つ使えば時間が節約できる」

そのあいだにステイシーは料理を盛り皿に移し、スープを注ぎわけ、ガーリック・バター を塗ったフランスパンのホイルをはがしてテーブルに並べた。

男たちはおなかをすかしていたのだろう、料理に舌鼓を打ち、むさぼるように食べた。ポールが赤ワインのせんを抜く。

「料理が上手なんですねえ」ニコスが感心したように言う。ステイシーは明るい笑顔を振り向けた。

「どうもありがとう」そう答えて、なじるように軽くにらむ。「わたしをお湯もわかせないような女だと思ってたんでしょ?」

ニコスもわざと意地の悪い微笑を返す。「少なくとも、パパがあなたの料理の腕を見込んで結婚したとは思わないよ」

ポールが低い笑い声をあげた。「ああ、そんなことは考えてもみなかった」黒い目が愉快そうにきらめく。ステイシーはまっすぐ彼に視線をあてた。

「デザートはいかが、ポール?」甘い声でささやくようにきく。

「お待ちかねだ」

ニコスは笑いだした。ステイシーはちょっと鼻にしわを寄せてみせ、それからアップル・パイを切りわけて取り皿に移し、生クリームをのせる。

「コーヒーね?」そう声をかけると、ポールがさっと立ちあがり、彼女を押しのける。

「コーヒーはぼくがやる。ギリシア風のはぐっと濃くいれるんだ」

「たとえわずかでもあなたに家庭的なところがあるなんて、驚きだわ」彼女は目を輝かせて彼をからかう。「あなたは伝統的な女性観に凝りかたまってるひとだと思ってた。女と子供は口出しするな、きかれたことだけ答えればよろしい――違って？」

彼はすばやい一瞥を投げた。「ぼくはこのオーストラリアで生まれたんだよ。二つの異なる文化をミックスし、無理なく両立させてるつもりだ。文句があるのかい？」

二人の顔を代わる代わる見ていたニコスが口をはさむ。「議論が続くのだったら、ぼくはラウンジに引きとって、テレビを見てるよ」

「わたしたち、しょっちゅうこうなのよ」ステイシーは強い口調で言ったが、ポールがゆっくり顔を寄せてくるのを見て狼狽した。

「ああ。しかし、仲直りがまた楽しい、だろう？」彼はわざと見せつけるように首筋にキスをすると、唇をゆがめて笑う。ステイシーは無性に腹が立ち、彼の顔をひっぱたきたい衝動をこらえるのがやっとだった。

コーヒーカップごしに、あざけるような彼の目がじっとみつめている。ステイシーは後片づけを口実に、キッチンへ逃れた。

ニコスが手伝いを申し出る。ふきんを使いながら、彼は学校での出来事をおもしろおかしく話して聞かせ、ステイシーを笑わせた。まもなくステイシーのこだわりは消え、十分後にはポールの存在すらほとんど忘れていた。

　ダイニング・ルームへ戻ると、ポールはテーブルにカードを用意して待っていた。くつろいだようすで細い両切り葉巻をくわえ、ステイシーを見あげる目には、何かしらきらりと光るものがあった。

「ポーカーだね?」ニコスが言って、父親の正面の椅子にすわる。「賭け金は十セント? 二十?」

「二十だ」ポールはカードを切り、ポケットに手を入れて銀貨をひとつかみとり出すと、いくつかをステイシーの前に置いた。

「わたし、自分のお金を……」

　ハンドバッグをとりに寝室へ行こうとする彼女を、ポールが腕をつかんで止める。

「かけなさい」厳しい声で彼は命令する。その目にこめられた警告を無視して、ステイシーは静かにきっぱりと言った。

「賭事をするときは自分のお金を使います」

「まったく、強情な女だ」彼はしぶしぶ手を放す。

「当然でしょう、ポール。一個の人間である以上、わたしも自分なりの規範と理想を持ってるわ。そんなに一から十まで、あなたのお指図のままに盲従するわけにはいきません」

　ポールはひょいと肩をすくめただけだったが、目の表情はそんな軽い動作を裏切っていた。逃げるように寝室へかけこみ、いらいらと財布のなかをかきまわしながら、ステイシーはため息をもらした。彼に歯向かうのはばかげたことだとよくわかっている。二人きりになったとき、かならず相応の仕返しがくるからだ。それがわかっていても、自尊心とかたくなな決意が、追従を許そうとはしない。

十代の少年にしては、ニコスはなかなかの腕前だったが、やはり父親の比ではなかったし、むろんステイシーのコインは減る一方だった。そうして一時間たち、二時間を過ぎるころ、ステイシーはついに賭け金を使いはたして、くやしいけれど、ゲームをおりることにきめた。

「ぼくのを貸してやろうか？」かすかな冷笑を浮かべるポールに、ステイシーは笑いながら首を横に振った。

「それは破滅のもとだわ。借金を背負いこむにきまってるもの」

彼はゆっくりとカードをかき集め、慣れた手つきでシャッフルする。「何かのかたちで、とりきめをしたっていいんだよ」

「いいえ」もう一度、ステイシーは首を振る。「人に借りをつくるのはいやだから」

ポールの目が、わずかに細くなった。彼は葉巻の火のついた先を灰皿にもみつぶす。

「じゃ、ニコスとぼくは続けてもかまわないかい？」

「ええ、どうぞ。どちらが勝つか、わたしは見てることにするわ」

勝敗の行方は最初から目に見えていたが、ポールの強硬なゲーム運びが、ステイシーにはたまらなく不愉快だった。彼は立て続けにニコスを負けさせてはばからない。もともとたいした金額ではない——たぶん二週間分の小遣い銭程度だろう——けれども、彼のやりかたはあんまりだと、ステイシーは憤慨にたえなかった。

「何を怒ってるんだ?」

寝室のドアを後ろ手に閉めながら、ポールがきいた。ステイシーは怒りをあらわにした表情で振り返る。

「あなたはさぞかしご満足だったでしょ?」

「息子の金を巻きあげたからかい?」

「そうよ、きまってるじゃない! 自分が勝つとわかってながら、あんなにまで徹底的にやっつけなきゃ気がすまないの?」

一瞬、彼は目を細めた。「それでもニコスは挑戦してきた。そして、負けが決定的になると、ゲームをおりた。それだけのことじゃないか。ぼくが小細工をしてでも彼に勝たせろというのかい?」

「少しぐらい負けたって、あなたは痛くもかゆくもないでしょうに!」

彼の刺し通すような視線から、侮りの色は消えていた。「しかし、それをやると、ぼくはゲームに負けるだけではすまない。ニコスの尊敬まで失うことになる。自分のテクニック——あるいはよほどのツキが伴わなければ勝てないことを、彼はよく承知している」

「だって、相手は子供じゃないの」

「いや、もう一人前に扱っていいころだ」

ステイシーは、どうしようもないというように、天井に目を向けた。「そうやって、否応なく彼はあなたを見習うしかないのかしらね」

「成功するためには、人並み以上の努力が必要なんだ。甘い生活に安んじていてはいけない。ときにはつらくあたるのも人のため、とよく言うだろう？」

「根性を鍛えるレッスンってわけ？」

「ああ、ぼくはそう思いたいね」彼は静かに答えた。

やり場のない怒りを持てあまし、ステイシーは彼の手を払い、くるりと向き直る。その肩に、力強い手がかかる。「さわらないで！」ステイシーは彼に背を向けた。

しばらくのあいだ、彼はじっと彼女の顔をみつめていた。やがて、彼は手をのばし、一本の指がゆっくりと彼女の頰の輪郭をたどる。

「今日の夕方、きみは一時でもぼくのことを——それにニコスのことを、心配してくれたね。きみの目に、ちゃんと表れていたよ」彼の指は軽く唇に触れ、あごをつかんで上を向かせる。「最悪の事態を想像して、平気ではいられなかったんだろう？」

「おあいにくさま！」ステイシーはとまどいを押しやって、語調を強める。「心配なんかするはずないでしょ？　あなたに万一のことがあったら、わたしは自由の身になれるんですもの」

「ぼくはそんなに……やりにくい男かい？」

「お話にならないわ！」

「どうして？　きみの体に手を出さずにはいられないからかい？」

　ステイシーは嘲笑を浮かべて彼を見返した。「せめてニコスがいるときくらい、態度を慎んだらどうなの？」

「他人行儀にふるまえというのかい？」

「なにも、キスをしたり、ことさら二人きりになりたいみたいな目つきでわたしを見たりしなくたって……」

「飽くことのない動物的な欲望をむきだしにして——そう言いたいんだろう？」

　すぐ目の前にある彼のシャツのボタンにじっと視線をあてたまま、ステイシーはあきらめたように、なおも皮肉をこめて言う。「たしかにあなたは抜け目のないやり手の実業家ね、ポール。投資した金額に見合うだけのものは、何がなんでも手に入れようっていうんだから」

「それ以外の理由で、ぼくがきみを愛することはありえないと思ってるのかね？」どこか謎めいた口調に、ステイシーはゆっくりと目を上げた。

「どっちみち、わたしの体を利用するための口実でしょ?」

「それだけのためなら、ぼくとしては、きみに喜びを教えるとか、きみを満足させるなどという労はいっさい不要なはずだろう」

くやしいことに、ステイシーは頬が染まるのを感じ、あわててうつむいた。幸い、長い髪が垂れて、表情を半ばおおい隠してくれる。一歩、前に踏み出して、彼の胸に顔をうずめるのはじつに簡単なことなのに、どうしても足が動かず、じっと立ちすくんでいる。そうして、耐えがたいまでの沈黙が、二人のあいだを支配した。

やがて、ポールがおもむろに彼女を引き寄せ、両腕を背にまわしてしっかりと抱きしめる。静かに彼の顔がかぶさってきて、思いもかけぬやさしさで唇が重なった。たちまちステイシーの下肢から力が抜け、よろけそうになる体は彼にすがりつく。

急速に薄れていく意識とは逆に、彼女は全身で彼の熱い抱擁に応えていた。

7

日曜の朝、三人はドライブがてら半島をまわってトーキーまで下り、それから北へ向かって、ジーロンで昼食をとった。メルボルンへの帰路は、アナキーとマウント・ウォレスを経てバランからウエスタン・ハイウェイを利用する遠まわりのコースを選んだ。

日が暮れるころになってキュー地区の家に帰り着き、夕食をすますと、ポールは何か重要な仕事があるとかで、早々に書斎に引きとった。

「大企業の機関車だからね」ニコスがステイシーに肩をすくめてみせる。「さて、ぼくらはテレビでも見る？　それとも、カードをやりたい？」

「そうねえ」ステイシーはにっこりした。「カードではとてもあなたに歯が立たないし……。テレビは何かおもしろそうなのをやってる？」

「日曜の夜はたいてい、ろくなのがないんだ。階下で音楽を聴くのはどう？」

「いいわね、すてき！」ステイシーは浮き浮きと答える。ニコスの目が輝いた。

「ドナ・サマーは好き?」ステイシーがうなずくと、ニコスは屈託のない笑い声をあげた。

「じゃあ、今はやりのディスコ・ステップなんかもばっちり知ってるんでしょ?」

「さあ、ばっちりかどうかはわからないけど」

「よし、きまった!」ニコスはステイシーの手を引っぱるように、椅子から立ちあがらせた。

それから一時間ばかり、二人はディスコ・ダンスに興じ、くたくたになると床にすわって、ニコスのお気に入りのテープを聴いた。

こんなにのびのびと心からくつろいで楽しい時を過ごすのは何年ぶりかしら――少年の顔を見やりながら、ステイシーは考えていた。これから二週間は彼がいてくれる。もしかしたら、映画に誘ってくれるかもしれないし、お天気がよければ、ブラー山やスキー場にドライブに出かけるのもすてきだ。あれこれ楽しい期待が頭に渦巻く。だけど、彼には自分のプランがあるだろうし、ポールにしても、休暇中の息子をほうっておくはずはない。それに、あのミセス・レイアンドロスだって、何かと機会をつくって孫を呼び寄せたがるにきまっている。

「ねえ、ニコス、この家にあなたのお友だちを呼んでもいいことになってるの?」ふと、ある考えが頭に浮かび、ステイシーはきいた。

「前もってパパに断れば……。でも、なぜ?」

「ひょっとして――あなたのお誕生日はいつ?」

「来週なんだ。わかった! ぼくの誕生パーティのことを考えてるんだね?」

「いつもはどんなふうにするの?」

「おばあさまの家に親戚一同が集まって、例のとおりのディナー・パーティさ」

「大げさで堅苦しい雰囲気なんでしょ?」

「そうなんだよ! なにしろ、おばあさまは家柄とか格式にすごくこだわるひとだし、パパがまた、なんでも彼女の言いなりなんだから」

「だったら、波風を立てないほうがいいわ」ステイシーは即座に口調をあらためた。「だけど、それはそれとして、つぎのウイークエンドに――金曜か土曜の夜にでも、若い人たちだけのパーティを開くのは、かまわないんじゃないかしら」

「おとなの監督なしで?」ニコスは勢いこんできく。ステイシーは笑いながら首を振った。

「といっても、お父さまかわたし、それにたぶん、アレックスやソフィはちょくちょく顔を出すかもしれないわ」

「さっそく明日、招待客のリストをつくろうよ」

「待って! その前に、お父さまにおうかがいを立てなくちゃ。それから相談しましょう」

「今夜は?」

「今夜はもうやすむことにするわ。じゃ、また明日ね。おやすみなさい」

つぎの日、ステイシーはニコスを映画に誘ってみたが、ニコスは残念そうに笑顔を浮かべながら、祖母を訪問するのが何年来の習慣だと言い、翌日のデートを約束すると、アレックスに送られて出かけていった。結局、ステイシーはひとりで街に出て、ひまつぶしに本屋をまわり、ギリシア料理の本を買いこんだ。そんなわけで、パーティの話を切り出すのはその日の夜になった。

「どんなパーティにするつもりなんだ？」夕食の席で、ポールは息子の表情をうかがうように、ちょっと片方の眉をつりあげた。

「ぼくの友だちを呼んで——たぶん十二人くらい。十四人になるかな」ニコスは答え、ちらとテーブルごしにステイシーに目を向ける。

「ほう、そうか。むろん、女の子も呼びたいんだろう？　いいとも」ポールはちょっと笑って肩をすくめる。「ぼくだって、十六歳のころのことを忘れるほどには年をとっていないからね。ところで、そのパーティはいつにする？」

「今年もおばあさまの家のディナーがあるんでしょう？」ニコスの問いに、ポールはうなずく。「それが木曜だとすると、土曜の夜あたりに」

「客は二十人までにしなさい。人数と食べものの注文を早めにソフィに出しておくといい」ポールはグラスを手にとって、飲みものをあけた。「あらかじめお開きの時間をきめておくとしようか。そうだな――一時半ということでどうだ？」

「わあ、すごいや！」ニコスはぱっと顔を輝かす。

「明日の夜、ぼくたちはクリスティーナ・グーランドリスに招待されている。きみもだよ、ニコス」

このニュースは、ステイシーの胸にぐさりと重く突き刺さった。どのようなパーティにしろ、クリスティーナが単なる社交儀礼から招待したのでないことはたしかだろう。

そしてつぎの日の夜、イヴニング・ドレスに着替えたとき、昼間からステイシーの心を悩ませていた懸念はさらに何倍にもふくれあがり、胃がきりきりと痛みだした。

化粧台に向かって、メーキャップの仕上げをしていると、ポールが後ろに立って、ネクタイを直しながら、鏡のなかの彼女の目をとらえる。

「気がかりなのかい？」

「クリスティーナのこと？　どうしてわたしが？」ステイシーは彼の視線を無視して口紅を引きながら、つとめて軽い口調で問い返す。

「ぼくの目は節穴じゃないよ」

ポールの言葉に、ステイシーは一瞬、手を止め、ちらりと彼を見あげた。「それ、どういう意味？」

「きみはクリスティーナを敵だと思っている」

〝もちろん、そのとおりだわ！〟ステイシーは心のなかで叫んだ。けれども、ぐっと抑えて、用心深く口を開く。「たしかに、お友だちになれそうもないわね。だけど、あなただって、自分の妻と以前に恋人だった女が仲のいい友だちになれるなんて、思わないでしょ？」

彼の唇に皮肉な微笑が浮かんだ。「さては、やきもちをやいているな？」

「まあ、とんでもない！　わたしたちがめでたく離婚した暁には、クリスティーナと結婚なさるといいわ。わたし、心から彼女を祝福するわよ。ほんとに、赤いカーペットを敷いてあげたいくらい！」クリスティーナが――でなくても、だれかほかの女が、彼の妻になり、彼とベッドをともにするなんて。自分で言っておきながら、ステイシーは苦しいほど胸が高鳴るのを覚えた。そんな心のうちを見破られないように、さっとイヴニング・バッグを手にして立ちあがると、輝くばかりの笑顔を彼に振り向ける。「あなた、支度できて？」

彼のまなざしは明らかに嘲笑（ちょうしょう）をたたえている。その顔に平手打ちを見舞いたい衝動をこらえ、ステイシーは先に立って部屋を出ると、飛ぶように階段をかけおりた。

クリスティーナ・グーランドリスのすまいは、郊外のトゥーラックだった。広い並木通りに面して高級アパートのビルが建ち並んでいる、そのひとつの十五階に、彼女の部屋はあった。

着くとすぐに、ステイシーは他の四人の客に紹介された。ディミトリとステファニー・アンドレアス夫妻とその十代の娘ヘレナ、それに、この夜のクリスティーナのパートナーとして招かれたテオ・カスパノスという男だった。

クリスティーナは淡いブルーのドレスをまとっている。しなやかなサテンの布地が第二の肌のように彼女の曲線を包み、ホステスの立場を無言のうちに主張していた。

カクテルのあと、ディナーが告げられ、ステイシーはポールとニコスのあいだに、クリスティーナはポールの右側の席についた。テーブルを飾る料理のどれひとつとして、ステイシーになじみのあるものはなかったが、つとめて平静を装い、ほんのすこしずつ、自分の皿にとってみる。

「ピラフはお口に合ったかしら?」クリスティーナがきく。ステイシーは無難な言葉を返して逃げようとしたが、「シーフードはお好き?」と、なおもたたみかけてくる。

「ええ」心なしかニコスの顔が心配そうだ。

「だったらこれを召しあがって」クリスティーナはステイシーの皿に、きつね色に揚げた輪のような形のものをどっさりとのせ、そのうえ、一見、角切りの肉とヌードルとおぼしきものを盛った。「カラマラキア・ティガニータとタポキ・メ・マカロナキ・コフトよ」

これにはわかった顔をしてすませるわけにはいかない。そこがクリスティーナの目のつけどころだ。

「いかのフライとたこ」クリスティーナは得意をひた隠しにして説明し、ステイシーの反応をうかがっている。

「あら、そう」ステイシーはほほえんでみせたが、胸のなかはくやしさでいっぱいだ。

「どっちも食べなれるとおいしいものだよ」ポールが小声で口をはさむ。ステイシーはわざと意地悪く彼をにらんだ。

「ねえ、ダーリン、オーストラリア人のなかには、蛇がすごくおいしいっていうひともいるのをご存じ?」そして、にっこり笑ってつけ加える。「よろしかったら、家へいらしたときにお出しするわよ、クリスティーナ」

クリスティーナの表情が険しくなる。「あれは原住民の好きな食べものじゃなくって?」

「彼らは地虫なんかも喜んで食べるそうよ」

クリスティーナは嫌悪をあらわにして身震いをする。「まあ、いやだ――ぞっとするわね!」

「そうでもないわ。だって、こういうことは習慣の問題ですもの」ステイシーはいかのフライにフォークを突き刺し、口に入れる。「うーん、ほんとにこれはおいしいわ」つぎにたこを味見して、同じような感想を述べる。お世辞にも口に合うとは言いかねるしろものだったが、クリスティーナの手前、意地でもそんなそぶりは見せたくない。なんとか胃袋が受けいれてくれるようにと祈るような気持で、皿の上の料理を余さず食べ終えた。

料理に比べれば、デザートははるかに好ましかった。メロピッタとかいうはちみつ入りのタルト、つづいてギリシア人好みの濃いコーヒーが出た。

その後、ラウンジではずっとポールがステイシーのそばを離れなかったので、さすがにクリスティーナも表立ったいやがらせをしかけてこなかったが、ときおりちらりと投げる目の輝きは、戦いが終わっていないことを物語っていた。いずれ機会を見て、彼女は何度でも毒牙を向けてくるにちがいない。

ニコスはヘレナのお相手を務め、楽しそうだった。はた目にも、二人は若い恋人同士のように見えた。

パーティはおおむねなごやかな雰囲気のうちにすすみ、クリスティーナさえいなければ、ステイシーも大いに楽しめただろう。だが、ホステスの視線にいちいち神経をとがらせ、言葉のはしばしにひそむ微妙なとげを探り出そうと、油断なく気を張りつめていた。

ポールのBMWのゆったりとしたシートに背を落ちつけ、ヘッドレストに頭をもたれると、思わずため息をつく。

「疲れたのかい?」

ステイシーは運転席のポールに目を向けた。「いいえ、べつに」

「いかやたこを食べたことあったの?」ニコスがからかうようにきく。

「ないわよ」ステイシーが答えると、ニコスは声をあげて笑いだす。

「どう？　味は気に入った？」

「ひどいものだったわ」ステイシーは顔をしかめる。ポールが含み笑いをもらすのを聞くと、かんにさわった。「あのひと、わざとあんな料理を出したんだわ！」

「きみが拒否反応を示すと思ってかい？」運転の合間に、ポールはちらとステイシーの表情を眺める。「それで、きみは仕返しを考えてるのか？」

ステイシーは冷ややかに彼を見返した。「いいえ、わたしにはそういう趣味はありません」そして、ふと思いついた考えを口に出す。「今週のうちに、いちどトリーシャをディナーに呼びたいんだけど。明日でもかまわない？」

ポールは軽く肩をすくめた。「どうぞご自由に」


トリーシャは二つ返事で承知し、つぎの日の夕方、勤め帰りにまっすぐやってきた。迎えに出たステイシーは、熱狂的に妹を抱擁する。

「何よ、つい先週、会ったばかりなのに」

「なんだか、ずいぶん久しぶりみたいな気がして……」寂しさに耐えている自分が急に哀れに思えて、ステイシーは胸がつまった。「あなたはわたしのたったひとりの身寄りですものね」

トリーシャの緑色の瞳に、とがめるような色が浮かんだ。「今はポールがいるじゃない、それにニコスも」コートを脱ぎながら、トリーシャは眉をひそめる。「何かあったの、ステイシー？　ポールとけんかしたとか……？」

けんかどころか、ポールとのあいだは完全な戦争だわ！　けれども、気をとり直して、明るく答える。「そんなことないわ。あなたに会いたかっただけ」

「だったら、ただいままいりましたわよ」

「そうね、うれしいわ。わたしたち、もっとしょっちゅう会うようにしなくちゃね」ステイシーはトリーシャのコートを受けとり、ラウンジへ案内する。

「飲みものはどう？　ポールはもう一時間くらいしないと帰ってこないし、ニコスは気をきかせて、しばらく引っこんでるつもりらしいわ」

「彼って、しつけのいいおぼっちゃんタイプね」

ステイシーはうなずいて、リカー・キャビネットに歩み寄る。「シェリーでいい？」

トリーシャはちょっとためらった。「もうすこし強いのをもらえる？　ウイスキーがいいわ。ジンジャーエールなんかで薄めたりしないで」

「あなた、いつからお酒を飲むようになったの？」

「よしてよ、もう子供じゃないんだから！」ステイシーからグラスを受けとると、目を細めて、ひと口すする。「うーん、おいしい！」そして、ソファに腰をおろし、満足そうにため息をついた。「今日はディナーに呼んでくれてちょうどよかったわ」グラスごしに姉の顔をみつめながら、やがてトリーシャは用心深く話を切り出した。「あたし、前から話さなくちゃと思ってたことがあるの」

ステイシーはシェリー酒をゆっくりと口に含み、胸騒ぎを抑えた。「じらさないで話してちょうだい」

「じつは、シドニーに仕事の口が見つかったの。お給料もいいし、行くことにきめたわ」

驚いて何か言おうとするステイシーをさえぎって、トリーシャは話を続ける。「ええ、わかってるわ——あなたは若すぎる、世のなかはそう甘くない、思いどおりにいかなかったらどうするって言いたいんでしょ？　でもね、ステイシー、あたしは旅をしたいの。オーストラリアだけじゃなく、外国にも行きたいわ。それもなるべく早く！　こんどのシドニーの仕事はチャンスだわ。いい話なの——ほんとよ。もう、住むところもきめちゃった。パムのおばさんがノース・ショアの郊外にすてきなアパートを持ってて、あたしたちに安く貸してくれるっていうのよ」

「そう……」ステイシーはつぶやき、内心の狼狽(ろうばい)を隠して、さりげなくきいた。「それで、いつ行くの？」

「反対なんでしょう？」

「だとしたら、どうなの？」

トリーシャはたじたじとするほどおとなっぽい表情で姉を見返した。「だって、ステイシー。あなたがあたしというお荷物をかかえて、やりたいこともできなかったのは知ってるわよ。だけど、あたしの場合はできるんだもの、シドニーに行きます」

「じゃあ、幸運を祈ると言うほかはないわけね。出発まで、どのくらいあるの？」

「今週いっぱいで会社をやめて、土曜に発つわ」

「まあ！　あと二、三日しかないじゃない！　何カ月か先の話だとばかり思ってたわ」

トリーシャはかぶりを振ると、グラスの酒を飲み干した。「そこでひとつおねがいなんだけど――ポールは何台も車を持ってるから、お姉さんのはもういらないでしょ？　あたしにゆずってくれない？」

「それはだめ。あの車はわたしの貯金で買ったものだし、だいいち、あなたは免許証を持ってないのよ」

「もうすぐとれるわ」トリーシャは食いさがる。「ほんとは、車をもらえたら、来週の週末、ジャッキーが来るときに乗ってこられると都合がいいの。あたしたち、車があると便利だし、お姉さんはいらないはずだから、断られるなんて思いもしなかった」

ステイシーはしばらく考えた。「そのことはポールと相談してから返事をするわ」

「ぼくに何を相談するんだい？」太い声が響く。ステイシーははっと振り返った。

「ポール、早かったのね！」

彼は微笑を浮かべてステイシーのそばに歩み寄り、唇にキスをする。当惑して頬を赤らめる彼女の手をとり、指をからめて、ポールは客に顔を向けた。

「やあ、元気かい、トリーシャ」

「ええ、おかげさまで」

「もう一杯、どうだい？ ステイシー、きみは？」ポールは二人のグラスを満たし、ついでに自分の飲みものをつくる。「ところで、さっきのぼくに相談するっていうのはなんの話だったの？」

ステイシーはしぶしぶ目を上げて彼の視線を受けとめ、せいいっぱいの笑顔をつくった。

「トリーシャはシドニーに住むことにしたんですって」

「なるほど」彼の表情はほとんど変わらない。「仕事のほうはきまってるんだろうね？」

「ええ、もちろん」トリーシャはポールから姉へ、そしてまたポールへと目を移した。

「この週末に発つんです。それで、今ステイシーに話してたところなんだけど、あたし、姉の車をゆずってもらえるととても助かるんですけど」

「ステイシーはいいと言ってるのかい？」

「あなたに相談してからって……」

ポールは鷹揚にほほえみながらも、口調に厳しさがこもる。「せんだっての車の一件は、あまりかんばしいものではなかった、そうだろう？」

「フェラーリは初めてだったんです。あんなにスピードが出るなんて知らなかったわ」

彼がグラスを口に持っていき、ゆっくりと半分ほど中身をあけた。「免許証は持ってるのかね？」

「金曜日にテストを受けます」トリーシャはちょっとすねたように答える。

「だったら、それまでステイシーの返事は待ったほうがいい」

その夜のディナーは、残念ながら成功とはいえなかった。もっとも、ポールやニコスになんら落度はなく、ポールはいつものように申し分のないホストぶりを発揮して、会話がとぎれることがないように気を配っていた。けれども、ステイシーはそんな彼の気配りに調子を合わせるのがしだいに苦痛になり、トリーシャがそろそろ失礼する時間だと言いだしたときには、正直なところ、ほっとした。

「アレックスに家まで送らせよう」とポールは言い、まもなくBMWが玄関口に現れた。

「明日、電話するわね」ステイシーは妹を抱擁しながら小声でささやく。トリーシャはうなずき、別れの挨拶(あいさつ)をして車に乗りこんだ。

「今夜は緊張気味だったじゃないか」ラウンジへ戻ろうとするとき、ポールが声をかけた。

「トリーシャにはいつもびっくりさせられてばかり」ステイシーは眉根を寄せてため息をつく。

「きみの妹は甘やかされたわがまま娘だ」

「甘やかされた？　あの子は両親の顔もよく覚えていないのよ」

「その代わりにきみがいた。きみは彼女の不足をことごとく自分で償おうとする、だから彼女は、つぎからつぎへと要求をこしらえるのさ」

「わたし、できるだけ普通の家庭に近い環境をつくってやるためにベストをつくしたわ！」

「その〝ベスト〟に問題がある」

ステイシーは怒りを爆発させた。「あなたなら、さぞかしうまくおやりになったでしょうね！」

「ああ、もちろん」彼は唇をゆがめて微笑する。「ぼくなら、ときには思いきりひっぱたいてやる」

「暴力を振るえばいいってものじゃないわ」

「鞭(むち)を惜しんで子供をだめにする、ということわざを聞いたことないかい？」

「もうたくさん！　お説教はやめて！」ステイシーはしばらくじっと彼をみつめ、それからくるりときびすを返した。「わたしはベッドに入ります。おやすみなさい」

「トリーシャは大丈夫。きみが心配してやる必要はない」

「ええ、そうでしょうとも。わたしはせいぜい勇気を奮い起こして、自分のために重要なあることを実行するわ」

「家出かい？　それは考えものだよ」

「どうして？　あなたに何ができて？」

「きみを追いかける」

「鬼みたいなひとね」

彼は黙って手をのばし、彼女を引き寄せた。彼が触れるだけで、ステイシーは自分をなくしてしまう。こんなときにも、彼の唇の魔力には逆らえなかった。たった今、あんなに激しく燃やした憎しみが、つぎの瞬間、もろくも粉々に砕け散るさまは、我ながら不思議な気がする。

たくましい両腕に抱きあげられ、かすれた笑い声をあげる彼の首に顔をうずめて、ステイシーはおとなしく寝室へはこばれていった。

8

車をゆずってほしいという妹の申し出をきっぱり拒絶するのは、ステイシーにとって、とても心苦しいことだった。シドニーに発(た)つトリーシャを見送りに、ポールの運転する車でタラマリン空港へ行く途中、彼女は何度も決心がくじけそうになった。もっとも、断るにあたっては、トリーシャが昨日のテストに失敗して免許証をとれなかったという正当な理由があったのだが。

別れはつらく、多少、気まずい思いもあって、お互いに涙をこらえるのにけんめいだったから、ポールとニコスと一緒に車に戻ったとき、ステイシーはもう何をする気力もなくなっていた。

車が市街地を抜けて高速道路へ向かうあいだ、外の景色もほとんど目に入らない。これから週末の残りをベレアリンのビーチハウスで過ごそうというのだが、ステイシーには楽しみどころではなかった。

その夜、レストランでの食事どきにも彼女はふさぎこんだままで、目の前に出されたすばらしい料理を口にはこぶのがやっとだった。

ニコスは思いやりを示してくれたが、翌日の夕方、メルボルンへ帰るころまでには、ポールのいらだちが高じて爆発寸前になっているのがはっきりとわかり、月曜の朝、彼が会社へ出かけていくと、ステイシーはほっと安堵の吐息をもらした。

つぎの日の夜、トリーシャから電話が入り、新しいアパートから仕事のことまで、何もかもすてきだと嬉々として語るのを聞いて、ようやくステイシーの不安はほぼ解消した。ポールが言ったとおり、何もわたしが心配する必要はないのだ。妹はひとりで立派にやっていける！　それに、お互いのあいだのわだかまりも溶けて、昔のような姉妹のきずなが感じられ、ステイシーはうれしかった。

その翌日、ニコスに誘われて映画を見に出かけた。あいにくニコスが選んだのは戦争映画で、評判のわりにはおもしろくなかった。

家へ帰ると、ニコスがいて、スピーカーから流れる音楽に耳を傾けながら、彼はそばの戸棚を開けてアルバムをとり出した。

「あら、古い写真？　小さいころのあなたは、さぞかわいかったでしょうね！」

「かわいい？　かわいいなんて、女の子に言う言葉じゃないか！」ニコスは顔をしかめる。

「ごめんなさい」ステイシーは苦笑して、アルバムの頁に目を落とした。鮮やかなカラーのスナップ写真がはられている。ある一葉に、ステイシーの笑顔は凍りついた。ポールが

──今よりずっと若々しいポールが、魅力的な若い女性のウエストに腕をまわして立っている。頭をかしげて彼女に頰寄せ、荒削りな顔の満面に、慕情あふれる笑みをたたえて。

「これはエレニ──ぼくの母だよ」ニコスは静かに説明する。ステイシーは黙ってうなずいた。

「きれいなかただったのね」やがてステイシーは言った。こんなにもやさしい表情を見せるポール……。鋭い痛みが胸に突き刺さり、見るに耐えないと思いながら、どうしても目を離すことができない。

「そうだね。ぼくが生まれてから半月くらいで死んでしまったんだ」ステイシーの心中を察したように、ニコスは言うと、ちょっと肩をすくめる。「悲劇だったろうね、きっと」

「あなたはだれに育てられたの?」

「おばあさま。寄宿学校へ入るまで、おばあさまの家で育ったんだ」

「おばあさまのこと、好きなんでしょ?」

「うん、もちろん」ステイシーの顔にかすかな渋面が浮かぶのを見て、ニコスは笑った。

「彼女は最高さ。いまにわかるよ。あんなふうに、よその人に対してとりつくしまがないみたいな態度をくずさないけど、いったん気を許した相手には、すごく愉快なんだ」

姑が〝愉快〟だなどと、ステイシーにはお義理にも考えられなかったが、ニコスにあいまいな微笑を返した。ニコスが繰って見せるアルバムの頁を目で追いながら、彼女はきいた。「わたしたち、明日はフランクストンの家のディナーに出かけるんだったわね。ほかにもどなたかみえるのかしら?」

「さあ。ぼくのいとこたち――パパの妹の子供だよ――を呼ぶこともあるけど、彼らは土曜の夜に家でやるパーティに来ることになってるから、明日はどうかな」

ステイシーはちょっと眉根を寄せた。「その、あなたの叔母さんにあたるかた、わたし、お目にかかったことないみたい」

「そうさ。だって、リディア叔母さんは何年か前に死んじゃったんだもの」

そうした内輪のディナー・パーティは、ステイシーにとって考えるだけでも気が重く、できれば避けたかった。ミセス・レイアンドロスは、息子のポールに負けず劣らずの権柄ずくな家長ぶりで、とうてい無視するわけにはいかない。ましてや息子の結婚を快く思っていないことが明らかなだけに、ステイシーの自信はしぼむ一方だった。さらに、相思相愛の夫婦の体面を装わねばならないとなると、その気苦労たるやたいへんなものだ。

フランクストンへ向かうBMWの車中で、ステイシーはまたしてもドレスが気になりだした。その日、何時間もかけて慎重に選び、格調の高い上品な装いだと、たった十五分前に鏡に映して確認したばかりだが、ひょっとしてあれは思い違いではなかったか。メーキャップは控えめに、それでいて魅力的に見えるよう、なめらかな白い肌とはしばみ色の瞳を引きたてる仕上がりにしたつもりだったが、アイシャドーとマスカラをつけたのはまずかったかしら。

　ポールの巧みなハンドルさばきで、ＢＭＷはみるみる距離を縮め、まもなくレイアンドロス邸の表玄関にすべりこむ。ステイシーの不安は頂点に達した。

　出迎えたミセス・レイアンドロスと挨拶（あいさつ）を交わし、玄関ホールから客間へ。この日はニコスの誕生日を祝うディナーで、むろん主賓はニコスだから、ステイシーはいくらか救われた。すてきなクリスタルのゴブレットに注がれたシェリーをゆっくりと味わううちに、少しずつ神経がなごみ始めた。

　すぐかたわらにいるポールは、ステイシーにとってはなんの気休めにもならなかったが、彼の態度は非の打ちどころのない夫のそれだった。母親の目にも、彼が年若い妻をこよなく愛しているということに疑いをはさむ余地はどこにも見いだせなかっただろう。

　たしかにミセス・レイアンドロスはチャーミングなホステスだったし、ときおり探るような視線を向けてくることはあっても、おおむね息子の嫁に、温かみのある、愛情のきざしとも思える態度で接した。食べものは当然、ギリシア料理だが、ことさら変わった品は避けられていて、慣れない嫁の味覚を思いやってのミセス・レイアンドロスの配慮がわかり、ステイシーは心のなかで感謝した。

　四人だけのテーブルで、ステイシーも会話に加わらないわけにはいかない。かといって、よそ者がひとりまぎれこんだような感じはぬぐいようもなく、話しかけられたときだけ答えるにとどめた。

「今の生活には満足ですか、ステイシー?」

ステイシーは正面にすわったミセス・レイアンドロスの問いを受けて、丁重に答えた。

「ええ、おかげさまで。ポールの家はとてもすてきですわ」

「それに、お金にも不足はないでしょうからね」ミセス・レイアンドロスはもの柔らかな口調で言ったが、言葉の裏にかすかなとげを感じ、ステイシーはまっすぐに彼女をみつめた。

「ポールがどのくらいお金持か、わたしは知らないし、知りたいとも思ってません。物質的な豊かさには、それほど重きをおいていませんから」

「だけど、もらって悪い気はしないでしょ?」

まあ、あきれた! こういうのを次元が低いっていうんじゃないかしら。「何かのおりに記念のプレゼントをいただくのは、もちろんうれしいことですわ」ポールとニコスが姑と嫁のやりとりを見まもっているのを、ステイシーは意識した。

「やがて子供もできるでしょうしね」

これぱかりは、ステイシーには保証しかねる。

「ぼくたちはまだ結婚したばかりなんだよ」ポールが代わりに答えた。「当分のあいだは、ぼくが彼女を独占していたいんだ」

「あなたは再婚するまでが長すぎましたよ。もう結婚するつもりがないんじゃないかって、わたしは半分あきらめてたのよ」

「ああ、そうですか。じゃあ、親孝行ができてよかった」

「あなたは親孝行な息子だわ。ひとつだけ、エレニが亡くなってから何年かのあいだ、やたらに女のひとを追いかけたのが心配だったけど」

「いやだなあ。ぼくの生活態度は僧侶みたいだとまでは言わないけれど、そんなに好き放題なことはしてませんよ」

「おばあさま！　ステイシーの前で、ひどいよ！」ニコスがそう言って、心配そうにステイシーを見た。

「いいのよ、ニコス」ステイシーは内心の動揺を隠し、落ちついた口調で言った。「わたしだって、ポールの過去の遍歴をまんざら知らないわけではないんだし」そして、ちらとポールに流し目を送る。「わたしより何年か長く生きてるんだから、少なくともその分だけ経験が豊富なのは当然ですものね」彼の目に、ほとんど識別できない程度のかすかなきらめきが宿るのを見てとると、ステイシーは彼の上着の袖にそっと手を置き、やさしくほほえんだ。「ちっとも気にならないと言えばうそになるけど」

「ぼくは三十七だよ」ポールは唇をわずかにゆがめて微笑する。「きみより十三歳、年長だ」

「わたしの夫のアレキシスは、十八ほどもわたしより年上でしたよ」ミセス・レイアンドロスがこころもち眉をひそめるようにして言った。「正直なところ、わたしはそれがよかったと思ってるの。とても落ちついていて、頼りになる感じだったわ」

「そういえば、ステイシーはパパよりぼくの年齢に近いんだよね」ニコスが若者らしく大まじめに言う。

まあ、たいへん！　いいかげんで話題を変えなくちゃ——ステイシーはそう思いながら、自分もひと言つけ加えていた。「あなたの娘というほどには若くないわよ、ポール。よっぽどあなたが並みはずれた早熟でないかぎりはね」

「きみの夫として、ぼくは年をとりすぎていると言いたいのかね、ダーリン？」

あなたは一千光年もわたしの先をいってるわ。世故にたけていて、救いがたいひねくれ者で——だけどそれは、実際の年齢とは関係のないことだ。「そうじゃないわ、ポール。あえて言うとしたら、あなたの妻として、わたしがあまりにも社会的に洗練されてないんじゃないかと思うくらい」

底知れぬ黒い二つの目が、ひたと彼女の視線をとらえて放さない。「きみのその、たしなみを欠いたところが、最初にぼくをひきつけたんだ」

ステイシーは一瞬、大きく目をみはった。三週間前の、あの運命的な出会いが思い出される。あのとき、彼女はありもしない罪を着せて彼を非難したばかりか、明らかに彼を侮辱したのだ。

そのまま何秒かのあいだ、沈黙が続き、ついにミセス・レイアンドロスがきっぱりと打ち切った。「ラウンジへ移って、コーヒーにしましょう！」

コーヒーのあと、ミセス・レイアンドロスの指図でポールがみんなにブランデーを注ぎ、やがて年配の家政婦の手でうやうやしくはこばれたケーキをニコスがカットした。砕いたアーモンドとはちみつを使い、くるみとシロップをまぶしたケーキで、ニコスのうれしそうな表情から、彼の好物なのだろうとステイシーは思った。

そして、バースデー・プレゼントがニコスに贈られる。ステイシーはスマートな札入れを用意していた。小箱に入れ、きれいな包装紙で包んだそれをバッグからとり出し、にっこり笑いながら手渡した。

十一時過ぎに、三人は辞去した。家へ帰ると、ニコスはホールでおやすみを言ってまっすぐ自分の部屋に引きとった。ポールと二人きりになると、たちまちステイシーは落ちつかなくなる。

「書斎に来なさい」先手をとって、ポールが命令口調で言う。

「わたし、疲れてるの。明日じゃいけない？」

一瞬、彼の黒い目がぎらりと光り、やがて打ち消すように彼は肩をすくめた。「なんならベッドルームでもかまわんよ」

ステイシーの背筋を冷たいものが走った。彼はゆっくりと上着のポケットから葉巻を抜き出し、ひと息吸いつけると、煙の行方を目で追っている。ステイシーは返事もせず、さっときびすを返して階段へ向かった。彼がすぐあとに続く。

部屋へ入るなり、ステイシーは彼に向き直った。あきらめたように、ため息が口にのぼる。「何か言いたいことがあるのなら、早くすませてちょうだい」

「ぼくが襲いかかるとでも思ってるのかい?」

「何をされようと、どっちみち体力ではあなたにかなわないんですものね」

「そうとわかっていて、きみは歯向かってくる。結局は体力の勝負になるまで、口論を楽しみたいんだろう」

「わたし、ほんとにあなたを殴りたくなることがあるのよ」

ポールは冷ややかな笑い声をあげた。「そんなにぼくが憎らしいのかい?」

「ええ――いいえ。ああ、もうなんだかわかんないわ」ステイシーはすっかりみじめな気持になり、つぶやくように言うと、ベッドのそばへ行って靴を脱ぐ。「わたしたち、何かにつけて口論とけんかなのね」

彼はゆっくりと彼女のほうへ歩み寄る。「そしてベッドで仲直り」

「それもけんかごしだわ」

「しかし、きみは楽しんでるだろう?」

ステイシーはちらと鋭い視線を彼に投げた。「あなたは自信があるんでしょ？」

彼はステイシーの体を引き寄せ、ウエストを両手ではさんだ。「きみは、抱いた女よりも自分の満足を優先させる無神経な男のほうがいいというのかい？」ステイシーの抗議のつぶやきを無視して、彼は頭を傾ける。「おしゃべりはもうたくさんだ」彼の手はほっそりとしたしなやかなカーブをたどって後ろへまわり、下半身をぴったり密着させる。固く引きしまった筋肉の感触が伝わり、熱い唇が彼女の口をおおうと、ステイシーはいつもの気が遠くなるような脱力感を覚えた。

彼の愛撫は甘く熱っぽく彼女の反応をかりたてる。やがて彼女は二人を隔てる衣服の壁がもどかしく、無意識のうちに指は彼のシャツのボタンをはずし始めていた。粗い巻き毛が指に触れ、たくましい胸の鼓動を感じると、胸がうずく。ついにたまらず、一歩あとずさって手早く自分の着ているものを脱ぎ捨てた。

ポールはじっと突っ立ったまま、動く気配もない。ステイシーは驚いて、問いかけるように目を見開いた。

「きみがやったらどうだ」彼女の顔をみつめながら、かすかな嘲笑を浮かべて彼は言った。「今まで何回となくぼくがきみを脱がせた。一度くらいお返しをしてくれてもいいだろう」

いやだわ、彼ったら、わたしに何をやらせるつもりだろう――復讐かしら。ふと、ステイシーの顔に苦痛の影がよぎる。いぶかしげに彼をみつめ、やがて突然、あえぎ声をもらしてバスルームのほうへかけだした。だが、すぐに彼の手が伸びて、彼女をつかまえ、自分のほうへ向き直らせる。

「ばかだなあ!」ポールは妙にもの柔らかな声で言った。彼女の目に、くやし涙がわきあがる。「どうした? ぼくがきみをおとしめるとでも思ったのか?」

「だって、あの……ディナーのとき、いやがらせを言ったから、復讐したいんじゃない?」

「ああ、たしかに、ぼくのことを父親ほどに年齢が違う老人だと言わんばかりの口ぶりだった」黒い瞳がぎらりと光り、つぎの瞬間、いきなり彼は唇を重ねた。長い口づけが続き、ようやく顔を上げると、もはや抵抗をなくした彼女の体を腕に抱いてベッドへはこぶ。それからどのくらい時間がたっただろう、ステイシーは彼に寄り添い、たらふくごちそうを食べたあとの子猫のように、けだるく満ち足りた体を丸くして、快い眠りに落ちていった。

ドアを開けたとたん、耳をつんざくような音楽がこぼれ出る。ステイシーはひと呼吸して、あらためて笑顔をつくり、なるべく目立たないように気をつけながら、クラッカーやナッツなどのおつまみを補充してまわった。ソフィはキッチンで二十人のティーンエイジャーに出す夜食の用意にてんてこまいだ。ポールは三十分ばかり前に国際電話がかかって、それきりずっと書斎に閉じこもったままだった。

パーティはたいへんな無礼講で、ステイシーはバーに引っこむと、アレックスにちらりとしかめ面をしてみせた。バーテンダーをおおせつかったアレックスは、ステイシー自身を別にすれば、この部屋じゅうでただひとりのおとななのだ。まばゆく点滅するストロボ・ライト、最新の音楽——何から何まで、ニコスの希望はすべていれられた。

「ステイシー！　ヘイ、ステイシー！」

振り返ると、嬉々としたニコスの笑顔と出会った。

「ハーイ、どう、うまくいってる？」

「大成功！　最高だよ」興奮した声で答える。「ねえ、踊らない？」

ステイシーは笑った。「わたしが？」

「そうさ。このパーティの発案者なんだから、すこしは一緒に楽しんでもらわなくちゃ」

「オーケー」考えるより先に承知していた。背の高い少年のあとについて、部屋の中央にすすみ出る。「一曲だけよ」そう言いながら、音楽のビートに合わせてステップを踏む。

圧倒的なボリュームの音楽が鳴り響くなかで、会話はもとより不可能だった。

曲が終わると引きあげようとする彼女を、ニコスはつかまえて放さない。「もう一曲だけ。ねえ、すごくダンスうまいんだね」

「あなたも」ステイシーはにっこり笑って答え、彼のリードで複雑なステップを軽々とこなす。

十分以上もこの部屋にいるつもりはなかったのだが、ニコスの友人からもダンスを申し込まれ、断りそびれた。そうこうするうちに、立て続けに五、六曲も踊ってしまい、気がついたときには、かつてないほどはしゃいで、声をあげて笑っていた。

「もうだめ」ニコスが肩に手をかけたとき、ようやく我にかえり、彼女は首を振った。

「飲みものをいただいてエネルギーを補給しなくちゃ」

「そうだと思ってね」すぐ後ろから低い声が響いた。はっとして振り向くと、ポールがかすかな軽蔑(けいべつ)のまなざしを浮かべて立っている。

いつから彼はここにいたのだろう。ステイシーは照れたように微笑して、彼の手から冷たいフルーツジュースのグラスを受けとった。さわやかなのどごしのジュースには、わずかに酒の味がまじっていた。「ありがとう」ステイシーは恐る恐る彼の目を見あげたが、黒い瞳の奥にあるものを読みとることはできない。

やがてポールは息子に目を移した。「うまくいってるようだな」

ステイシーはポールとニコスを見比べていた。二人はほんとによく似ている。もう二、三年もすれば、ニコスは背丈から筋肉質のたくましい体つきまで、父親そっくりになるだろう。立っている姿勢もほとんど同じだ。ゆったりとした落ちつき、富の裏づけを持つ人間特有の自信に満ちた態度、生まれながらのセックス・アピール。明らかにニコスに注がれる女の子たちの熱い視線は、ポールが何年間かほしいままにした異性との楽しみを、すでにある程度までニコスも経験していることを物語っている。幸い、ニコスには父親ほどに冷酷、無情なところはなく、そのためポールがつねにつけている皮肉の仮面は見られない。

「そうだよ、みんなご機嫌さ」ニコスは父親に答え、それからステイシーにちょっと気をひくような笑顔を向けた。「もうしばらくいてくれる？　友だちが、すごくいかしてるって言ってるよ」

「男の子がだろう？」ポールがからかい半分に口をはさむ。ステイシーは頬が熱くなるのがわかった。

「ありがとう。でも、ソフィにキッチンのほうを手伝うって約束したから」

「じゃ、食事のあとでね、きっとだよ」ニコスは熱心に言った。「パパもね、いいでしょ？」

「ステイシーとぼくは、きみたちと夜食を一緒にする。あとはみんなが帰る三十分くらい前にまた顔を出すことにしよう。ぼくらがいては、お客さんたち、気をまわすだろうからね」

「かもしれないな」ニコスは素直に折れて、ざっと部屋を見渡し、とある箇所に目をとめた。「あ、ヘレナがひとりぼっちだ。ぼく、行かなくちゃ」

ニコスが二人のそばを離れるとすぐに、ステイシーは空のグラスをバーに戻し、その足で静かに部屋を出る。だが、五、六歩と行かないうちに、後ろから腕をつかまれた。そのとたん、かっと頭に血がのぼり、振り向きざま、険しい目つきで彼をにらんだ。「何かご用、ポール?」

彼の顔にはあざけりの色が浮かんでいる。「ほんとうに答えを聞きたくてきいてるのかい?」

「まったく、あなたってどうしようもないひとね!」ステイシーは怒りをぶつける。

「ぼくがきみを——つまり、妻が息子の友人たちの前で自分をひけらかすのを見て、快く思わなかったことがかい?」

「自分をひけらかすですって? みっともない! だれが見たって、あなたのやきもちじゃないの!」

腕を振りほどいて歩きだそうとする彼女を、彼はすばやくつかまえ、自分のほうへ向かせる。二人の目が出合い、憎しみの火花が散った。やがて彼は、ぐいと彼女を引き寄せ、腕のなかにかかえこむようにして、荒々しく唇を奪った。力ずくで迫る彼の口を、ステイシーは避けるすべもなく、声にならないうめきをもらす。彼が顔を上げたとき、あっけにとられたように、しばらく彼女は言葉も出なかった。

「今のには、何か特別な意味があるの?」

怒りに燃える鋭いまなざしが、小揺るぎもせず彼女を見おろしている。「きみが執拗に続けたがっている戦争の必然の結果がこれだ。警告といってもいい。ぼくが使う武器は、きみのとはまったく別種のものだということだ」

「あなたは賃貸契約で一時的にわたしの体を所有してるだけよ。感情はあくまでわたし自身のものですからね！」

彼の口もとがゆがみ、冷ややかな笑いを浮かべる。「さあ、それはほんとうかな？」

いつでも彼は、やすやすとわたしの防御を打ち破り、情熱的な反応を誘い出すことができるのだ――そう思うと、苦いものが胸にこみあげ、あざけりを宿した彼の視線に耐えきれず、彼女は目をそらした。

「ソフィが待ってるはずだから、手伝いに行かなくちゃ」ステイシーは言って、立ち去ろうとしたが、彼の容赦ない手がそのあごをつかむ。

「きみに渡したいものがある。ニコスのために今夜のパーティをお膳立てしてくれたお礼のしるしと思ってくれ」とっさに反抗を見せる彼女に、彼は抑えつけるような口調で言う。

「受けとるんだ、ステイシー。でないと、ニコスが気を悪くする」

「ニコスが選んだの？」

「そうだ」

「だったら、喜んでいただくわ」

彼は黙ってステイシーの腕をとり、書斎に連れていくと、革張りのデスクの引き出しから宝石ケースを出して、彼女に手渡す。

細い金のチェーンを二本より合わせた、ちょっとめずらしいデザインのブレスレットだった。一見して高価なものだとわかる。

「ありがとう」ステイシーは小声で言って、それを手首につけた。「こんなことしてくださらなくてもよかったのに」

「たいていの女はこういうアクセサリーを喜ぶものだ」

「わたしは〝たいていの女〟とは違います」

「ああ、たしかに。ただし、生まれつきなのか、巧みな演技か、そこのところはわかりかねる」

「あなたって、お気の毒ね、ポール。なんでもそんなふうに皮肉な見方ばかりするから、素直な誠意が感じとれなくなってるんだわ」

「きみのことを、まぎれもない美徳の鑑(かがみ)みたいな女だと信じろというのかい？　あれほど言いたい放題に暴言を吐いておいて……」

「あなたがそそのかすからじゃない！　お務めを強要するために、わざとそう仕向けるのね！」

「きみはどうだ？　わざとぼくを怒らせていないと言えるかい？」いくらかうんざりした

ように、ポールは言葉を返した。

ステイシーは彼の視線をはずし、壁の一面をうずめる本棚のほうへ、見るともなく目を泳がせた。「わたしたちのまわりの環境は、お互いを思いやる心をはぐくむのに適当だとは言えないわね」

「そのうえ、ぼくはどうしようもないギリシア野郎なんだろう?」

「まさしくそのとおりだわ」ステイシーがやり返すと、彼は笑いだした。

「きみが大きらいな——そうだったね?」

はたしてほんとうにきらいなのだろうか。ステイシーは、もはやわからなくなっていた。心の奥底にある感情を確かめるのは不愉快だ。「もう十一時過ぎだわ。夜食を出すのを手伝う約束なの」そう言って、ドアのほうへ足をはこぶ。「きれいなブレスレット、どうもありがとう」

「その礼はいずれのちほど——期待してるよ」ポールのからかいを聞き流し、ステイシーは書斎をあとにした。

キッチンでは、ソフィの手でほとんど準備ができあがり、あとは料理を盛った大皿をワゴンにのせてはこび出すばかりになっていた。広間にはすでにアレックスがテーブルをしつらえ、銀のナイフやフォーク類、紙皿などが並べられている。ステイシーはソフィと二人でワゴンの大皿をテーブルに移し、ニコスと若い客たちが待ちかねたように寄り集まってくると、壁ぎわにしりぞいた。

「ほんとに、あんなにたくさん召しあがるのかしら?」ソフィがやや当惑したように言う。

ステイシーは声をあげて笑った。

「見ててごらんなさい。あれだけ踊りまくったあとだから、おなかがすいているはずよ」

「若さですわねえ!」ソフィはため息をつく。そのとき、背後のドアのところから、太い声が響いた。

「われわれも、なくならないうちにひとつ、いただこうじゃないか」

料理は好評で、十分後には、どの皿もきれいに空になった。ステイシーがテーブルを片づけようとするのを、ソフィは小さく舌打ちして止める。

「いいえ、ここはわたくしにおまかせください」そして、急にボリュームをあげたステレオのほうを手で示す。「ダンスが始まりましたわ。奥さまも楽しんでらして」

「ステイシー」ニコスがかたわらに来て、にっこり笑いながら誘う。「ぼくと踊ってくれる?」

それからしばらく、ステイシーは時間を忘れ、相手が変わるのも気がつかないほどダンスに熱中した。

「そろそろぼくの番だと思うがね」ポールの声に、はっと我にかえる。ニコスと同年代の少年たちと踊ったあとではポールの背の高さがあらためて意識され、ステイシーはぐっと頭を後ろにそらした。

　正統な社交ダンスを踊ると思いきや、ポールは若い人たちと同じディスコのステップを踏み始める。ステイシーはまさかというように目を丸くした。

　耳を圧するディスコ・サウンドが、急にスローテンポの静かな曲に変わり、同時に天井の照明が消された。残るはウォール・ランプが二つ、うっすらとともるだけだ。そこここで、くすくす笑う声、不満をもらす声があがった。ポールはステイシーを引き寄せ、耳もとでささやく。「アレックスのしわざだよ。ラストが近いという合図なんだ」

　ステイシーは無言のまま、彼のリードに身をまかせていた。自分を支えるたくましい筋肉質の体、力強い両腕に、意識は集中する。広い胸に頭をもたれると、彼の吐息が髪にかかり、わずかに高鳴る胸の鼓動から、彼の興奮が伝わってくる。背中にまわした彼の両手は、ゆっくりとすべりおり、二人の腰をぴったり密着させる。唇はふんわりと軽く、彼女のこめかみから頬へとつたいおりる。

　ほんのわずか横を向くだけで、彼の唇を受けられる。誘惑に負けそうになり、彼女は弱々しくつぶやいた。「おねがい、やめて。ここではだめよ」

　一瞬、彼はそんなつぶやきを無視するかのようだったが、やがて苦笑して抱擁の手をゆるめた。「二階に引きとるまでくらいは待てそうだ」

「そうなさらなくちゃ」いつのまにかまわりの視線を浴びていたのに気づいて、ステイシーは言った。

それから十五分ほどの間、二人はそれぞれニコスの客と別れの挨拶を交わし、まだいすわっている何人かを丁重にうながして、玄関に送り出した。

二人が寝室へ引きあげたのは二時に近かった。ポールが部屋のドアを閉めると、ステイシーは大きなあくびをかみ殺した。ニコスの感謝の言葉が、何よりのごほうびだった。今夜の彼の、なんとうれしそうだったこと！

やおら背中に手をやって、ドレスのファスナーをおろそうとしたとき、不意にポールの手がのびた。一枚一枚、ゆっくりと、衣服ははぎとられ、まもなく彼女は彼の腕のなかにいた。唇は飢えたように彼を迎える。そんな自分にはっとしたのも束の間、もはや彼の情熱に逆らう意志の力をなくしているのに気づいただけだった。あとは熟練した彼の丹念な愛撫に導かれ、やがて狂おしい嵐のような喜びに、我を忘れてのめりこんでいった。

9

ステイシーは窓辺に立って、ぼんやり庭を眺めていた。降りしきる雨が、ていねいに刈りこまれた芝生をひたしている。九月といえば春の訪れを告げる月なのに、この二週間、ほとんど小やみなく雨が降り続き、まるで夏が近いかと思わせるようだ。ときおり、雨雲の切れ間にもれる日ざしも、冷たく湿りがちな冬の季節感を晴らすにはいたらなかった。

いくつか時間つぶしになりそうなことを思いつかないわけではないけれど、これといってやりたいことがない。悪天候を押してまで、用もないのに街へ出かけるのもおっくうだ。自然に心は内へ向かい、肩のあたりが重く沈んでくる。そんな気分を払いのけようと、ステイシーはかぼそい肩をゆすった。自分の心理状態をつきつめて考えるのは、できるだけ避けたかった。そうでなくても、頭のなかに割りこんできて、しきりに認識をうながす、ある感情があった。

まさか、ポールを愛しているなんて、そんなことがありうるだろうか。愛は憎しみから生まれるものではなく、好意を抱き合う二人のあいだで、徐々に着実にはぐくまれる穏やかなやさしい感情なのだ。有頂天から絶望のどん底へと、両極端を行き来するような、そんな不確かなものではないはずだ。

けれども、それが愛でないとすれば、彼が部屋に入ってくるときまって心を波立たせるあの感情はいったいなんだろう。彼の姿が現れる前に、感覚は彼の存在を察知し、目はほかのだれをも飛びこえてまっすぐ彼に向かう。ベッドでの二人は、ときには自分で恐ろしくなるほどに一致している。愛情か単なる欲情か、見わけるのはますます困難になるばかりだが、ポールがその営みを楽しんでいるのは確かだ——とはいえ、はたして相手がわたしだからなのだろうか。ほかの女でも十分に彼の欲望を満たせるのでは？　疑いもなく、彼は異性経験が豊富な男だし、これまでにどれほど多くの女たちと情事を重ねてきたか、想像するだけで、はっきりそれとわかるジェラシーがわき起こり、胸を締めつける。

ニコスが寄宿学校へ帰ってしまった今、広い家のなかは火が消えたようにがらんとして寂しく、何年ものあいだ、職業に生きがいを見いだす生活を続けていた彼女には、ありあまる時間を無為に過ごすのが苦痛になり始めた。何か仕事がほしかった。

「だめだ」その夜、食事のときにその話を持ち出すと、ポールは言下にしりぞけた。

「どうしていけないの？」彼女は切り返す。

「もってのほかだ」彼はまるでとり合おうとしない。ステイシーは神経質な笑い声をあげた。

「悪かったわね、ポール。あなたが賛成するはずないのに……。なにしろ、こちこちの男性支配主義者ですものね」

「あいにく、妻が働く必要を認めないからだ。退屈なら、自分で気晴らしの方法を見つけなさい。絵画とか彫刻、外国語の勉強――何か好きなことがあるだろう。慈善団体に参加するのも一案だ。母がいくつかに後援している」彼はちょっと意味ありげに肩をすくめてつけ加える。「電話してごらん」

「お金とひまを持てあましたご婦人たちと、お茶をすすりながら施しの相談なんて、わたしの柄じゃないわ。わたしはもっと建設的なことがしたいの。この家はどこもかしこもきちんと片づいてるし、お食事は問題なくおいしいし――ねえ、わかるでしょ？　わたし、日がな一日、何もしないでぼんやり遊び暮らせるようなひとじゃないのよ！」

「ディナー・パーティを計画したらどうだ？」

ポールの言葉に、ちらとある考えがひらめいた。「だれを招待してもいいの？」

「いちおう、ぼくの都合をきいてさえくれれば、だれを呼ぼうときみの自由だ。そういえば、ぼくらはクリスティーナに食事の借りがあるんだったな」

赤い布に向かっていく雄牛のように、ステイシーはこの挑戦に飛びついた。「だったら、もちろんお返しをしなくちゃいけないわね」さりげなく、甘い声で受けながら、頭のなかは意地の悪い考えが渦巻く。クリスティーナ・グーランドリスを驚かせてやるチャンスだ！「さっそく明日、彼女に電話するわ。あなた、今週はあいてます？」

「ああ」ポールはいくらかあやしむようなまなざしで彼女をみつめた。「母のところへ食事に行く約束はあるが、それはクリスティーナを呼ぶ日がきまってからの相談にしよう」

「彼女のこと、とてもお好きなようね？」

一方の眉が上がり、あざけるような表情になる。「母のことかい、それともクリスティーナ？」

「あら、もちろん二人ともお好きでしょうけど、わたしが言ったのはお母さまのほうだわ」

彼の目に、暗い光が宿った。「ぼくの父親は、十八年ほど前に飛行機事故で亡くなった。ひとり息子のぼくが、母には頼りだった。ぼくらはお互いに深いところで結びついている」

ステイシーは深くうなずき、この何週間かずっと心にひっかかっていた問いを口にした。

「あなたが若くして結婚したのは、そういう事情があったからなのね？」

長い沈黙が続いた。彼は答えないつもりなのだろうか。ステイシーは無意識のうちに息をつめ、緊張して待った。

「ぼくが一種の義務感から結婚したと思っているのなら、それは間違いだ」やがて、彼はぶっきらぼうに言った。ステイシーの胸に痛みの矢が突き刺さる。

「わたし、出すぎた質問だとは思わないわ」いささか弁解がましく言うと、彼のあごの筋肉がぐっと引きしまるのがわかった。

「この話題はご法度だ」彼は厳しい口調で言って、立ちあがる。「ぼくはこれから会に顔を出さなくちゃならない。遅くなるから先にやすみなさい」

そのまま、まっすぐドアのほうへ歩きだす。まもなく彼の車が走り去る音が聞こえた。

彼の言葉に傷ついた胸の痛みをいやすためにも、ステイシーはディナー・パーティの計画を練り始めた。客は最小限に――クリスティーナと彼女のエスコートだけにしよう。

クリスティーナに招待の意向を伝えると、今週の夜ならいつでもいいという返事だったので、ステイシーは即座につぎの日の約束をとりつけた。それから、ソフィと相談のうえ、メニューをきめた。

水曜日は朝から興奮気味だった。ドレスをとっかえひっかえ、さんざん迷いぬいたあげく、ようやくこれならという一着を選び出した。ウエストまでぴったりフィットして、スカートはややゆるやかなデザインの、エメラルド・グリーンのドレスで、クリーム色の肌と瞳の薄茶色がくっきりと浮きたつ。ヒールの高い優雅なサンダルをはき、小さなトパーズのペンダントと、対のイヤリングをつけた。ポールからもらったものは別にして、彼女が持っている宝石類はこれだけなのだ。

六時半になると、化粧にもういちど手を加え、髪にブラシをあてて、ゆっくりと鏡に全身を映し、満足な仕上がりを確認する。

「きれいだ！」ドアのところから、ポールの声がした。ステイシーはにっこり笑って振り返り、彼のお世辞にちょっと会釈をしてみせた。

「どうもありがとう」素直に答えて、彼の装いに目を走らせる。黒のフォーマル・スーツに純白のシャツをつけた彼は、ふだんより以上に危険な、侮りがたい男の魅力をたたえている。「あなたも、すてきな男性の見本みたい」

彼はゆったりとした足どりで彼女のそばに歩み寄り、細い首にかかるペンダントのチェーンを指でさわった。「こんなのを持ってるとは知らなかった。プレゼントかい？」

ふと、いたずらに心が頭をもたげ、ステイシーはまじめな顔で彼を見返した。「そうだとしても不思議はないでしょ、ポール。あなたに会うまで修道院にいたわけじゃないんですものね」

「なるほど。恋の贈り物か」ポールは伏せたまぶたの下に表情を隠し、トパーズを手にとった。「きれいじゃないか。本物だ――そう高いものではないがね」つぎの瞬間、チェーンはひきちぎられて彼の手のなかにあった。

ステイシーは反射的に首の後ろに手をやった。ショックで顔面は蒼白（そうはく）になる。「なんてことをするの？　それ、わたしの母が、結婚したときに父からもらった品なのよ！」

「ぼくをからかおうなんてばかな考えを起こすからだ」彼は悪びれたふうもなく、平然としている。ステイシーの怒りは爆発した。

「ひどいわ！　野蛮人！　もう、あなたなんか、きらい！　大きらいよ！」

「それだけかい？　まったく、きみの語彙の乏しさにはがっかりさせられるな」

このときばかりは、できるものなら彼を殺してやりたいと思った。「返してちょうだい！」突き出した手もぶるぶる震えていた。

彼女に目を向けたまま、彼はゆっくりとした動作でペンダントを上着の内ポケットにすべりこませた。「これは修理してから返してやる」

「完全に元のとおりにしてもらうわ」ステイシーは顔をそむけ、せいいっぱい皮肉をこめて言うと、豊かに垂れる髪の下に手をやって、うなじの裾のあたりにできたひっかき傷を震える指先でそっと探った。

だしぬけに彼女の髪はわきにかきあげられ、細い線状の傷跡に、彼の唇が触れた。「やめて！」ステイシーは叫んで彼を押しのけようとしたが、逆に彼の腕のなかに捕えられてしまう。

むせび泣きをもらす口に、彼は唇を押しあてた。ステイシーはけんめいに歯を食いしばって、抵抗する。やがて苦々しげな罵声を吐いて、彼は彼女の体を突き放した。

憤怒に狂った彼女の顔を、ポールは容赦のない冷ややかな表情でじっとみつめた。「まもなく客がみえる時間だ。五分以内に階下へ来なさい。さもないとぼくが引きずりおろすぞ」命令を侮るのはいかに愚かなことか思い知らせるような口調で、彼は言うと、叩きつけるようにドアを閉めて出ていった。

ステイシーは震える両手で顔をおおった。ああ、どうしよう！ これからまた、階下で彼と顔を合わせねばならない。客の前で——よりにもよって、あのクリスティーナ・グーランドリスを前にして、どうやったら冷静でいられるだろう。思いきり泣きわめいて、恐ろしい力で全身を縛りつけている怒りを発散させることができたら……。

たいへん、この顔！ 化粧は無残にくずれて手の施しようがなく、初めからやり直すほかはなかった。催眠術にかかったように、彼女はふらふらと化粧台の前まで歩き、ストゥールに腰をおろす。両手は機械的に動いて、深い引き出しからクリームのびんやチューブをとり出していた。

楕円形の鏡に映る像は穏やかに落ちついてみえた。深々と見開かれた大きな目、わずかに白い歯がのぞくふくよかな唇。血管をかけめぐる嵐のような怒りの色は、ほとんど表れていない。薄茶色の瞳に浮かぶ緑の斑点が、いくらかあやしい光を帯びてきらめき出しているだけだ。ステイシーはブラシを手にとって髪を整え、深く息を吸って気持を落ちつけると、寝室を出て、階下へおりていった。

ラウンジに入ると、ポールが待ち受けていた。片手にこはく色の酒が半分ほど入ったクリスタルのゴブレットを持ち、もう一方の手はズボンのポケットにつっこんで立っている。

いかつい顔の表情は計り知れない。彼は無言のまま、グラスに飲みものを注いで、彼女に手渡した。

広い部屋の静寂を包むように、ステレオから流れ出す柔らかいトーンの旋律が鳴り響いていたが、ステイシーの耳にはほとんど入らなかった。玄関のベルの音に彼女は神経を集中させていた。

チャイムが鳴ったとき、ステイシーは思わずぴくりと体を震わせた。手にしたグラスのシェリー酒を、ひと息にのどに流しこむ。いよいよクリスティーナを迎えるのだ。今夜ひと晩、なんとかぼろを出さないで体面を保ち続けるために、アルコールが即効薬になってくれればいいが……。

ロボットにでもなったような気持で、彼女は笑顔をつくり、ソフィが来客を告げると、ポールと並んで迎えに出た。「ダーリン、またお会いできてうれしいわ!」クリスティーナは晴れやかにほほえんだ。その目はポールにまつわりついている。

「クリスティーナ、スパイロス、よく来てくれたね」ポールは如才なく受ける。「さて、飲みものは……」

「わたくし、いつものをいただくわ、ダーリン」クリスティーナは答え、ステイシーには軽く会釈をしただけで、ポールのあとを追う。ステイシーはスパイロスの相手をして、ポールが飲みものを用意しているあいだ、意味のない会話を交わしていた。

「あなたのドレス、すてきだわ」デザイナーと値段を探るように、クリスティーナはつけまつげをつけた目をステイシーの足もとから上へとすばやく走らせた。「ほっそりしてるから、よく似合うわ」と、とってつけたようなお世辞を言う。「ねえ、教えて、どんなダイエットをしてるの？　わたしはそんなに心配しなくても大丈夫なんだけど」

そう、今のところはね――ステイシーは心のなかで答えた――だけど、気をつけたほうがいいんじゃない？　二、三年後には、そのみごとなお体が脂肪の塊になっちゃうわよ。

「わたし、ダイエットはしていないのよ、クリスティーナ。お食事は十分にいただいてるの」

「まあ、ほんと？　それにしては、うちにいらしたとき、ちょっぴりしか召しあがらなかったわね？」

「わたし、初めてのお料理には用心深いたちなの。あのときは、ポールと結婚して一週間足らずで、ギリシア風のお食事に慣れてなかったし……」

「今は、ステイシー？　ギリシア風にすっかりおなじみになって？」

「それはポールにおききになったら？」

ポールの黒い瞳は、二人のやりとりをおもしろがるように、一方からもう一方へと移動した。「妻として、ステイシーはぼくの要望をすべて満たしているよ」彼はあっさりと言って、グラスを手に、乾杯のしぐさをしてみせる。クリスティーナはとがめるような視線を彼に向けた。

「それができるのはエレニだけだと思ってたわ」

ポールの片方の眉が持ちあがった。「だったら、ぼくは二度と結婚しなかっただろうね」

超然とした冷ややかな表情に、さすがのクリスティーナも返す言葉がないようすだった。

ソフィがディナーを告げると、その場の緊張がほぐれた。ステイシーは期待に胸をはずませながらダイニング・ルームに入った。ダマスク織りのテーブル・クロス、上品な陶器、磨きあげた銀器、クリスタルのグラス類——何ひとつ手落ちはない。

四人が席につくとすぐに、ソフィがワゴンを押して最初の料理をはこんできた。まず、前菜はたこの酢づけ、またはぶどうの葉のライス詰め。つづいて、小えびのスープ。メイン・ディッシュは、詰めものをしたいか、肉の串焼き、紫貝入りのピラフ。そして、デザートはギリシア風パンケーキとチェリーの砂糖づけ。

ギリシア式の濃いコーヒーが出されたのはおよそ一時間後だったが、食事が始まって十五分とたたないうちに、ステイシーは、クリスティーナが今夜のメニューの企みに気づいたのを見てとった。たしかに、メニューをすべてギリシア料理でうずめたばかりか、ステイシーはとくにシーフードを、それもいかとたこをあえて組み入れたのだ。彼女自身の取り分は少なかったが、はた目に食事を楽しんでいると思わせるには十分だった。

会話はごく一般的な軽い冗談話に終始し、ときおりクリスティーナがとげのある言葉を放ってきても、ステイシーは楽に受け流すことができた。

客への気配りはもちろん、夫としてのふるまいにもポールは万事ぬかりがなく、むしろやりすぎだと、ステイシーはうとましく思った。ステイシーに注がれる彼の目はつねに温かく、何かを語りかけるようで、そのうえどこか共犯者めいた、秘密の情事をにおわせるような熱っぽい輝きを宿していることもしばしばだった。実際に彼女に触れるようなやぼなことはせず、明らかにまなざしで見せつける巧妙な演技なのだ。彼と目が合うたび、彼が何か言うたびに、ステイシーのいらだちはつのった。破廉恥な男！　わたしを結婚に追いこんだ憎いやつ！　彼女の内で怒りが煮えたぎり、爆発の寸前までふくれあがっていた。

客を乗せた車が玄関口からすべり出し、二人が家へ入ったとたん、ステイシーは語気も荒く、怒りをほとばしらせた。

「なによ、あなた！　いやらしいったらありゃしない！」

「そうかい？　ぼくのマナーは完璧だったと思うがね」ポールはこともなげに言う。

「まあ、あきれた！　あなたったら、まるで……まるでさかりのついた動物みたいな目つきをして！」

彼の表情はいくらか険しくなる。「ぼくたち夫婦はけんかをしていますとでも、公表したほうがよかったというのかい？」

「そうじゃないわ。だけど、なにもあんなに、わたしをベッドに引きずりこみたがってるみたいな態度をしてみせる必要なんかないじゃない！」

「事実、きみの体にはそそられるんでね」

「わたしには頭だってあるのよ！　あなたの餌食にされるたびに、わたしがどんな思いをしているか、考えてみたことあって？」

「ハートはどうなんだ？　きみのハートは、しょっちゅう頭とけんかしてるんじゃないのかい？　ぼくの腕のなかで見せる喜びが偽りだと、言えるものなら言ってみろ」

「まったく、どうしようもない野蛮人なのね、ポール。あなたから解放される日を、指折り数えて待ってるわ！」

「夜の数もだろう？」

ステイシーの目が、火のようにきらめいた。「なんと言っても、わたしに勝ち目はないわけね？」

「そんなに気になるのなら、たまにはきみが勝ったことにしてやってもいい」

「まあ、気前がいいこと！　でもね、そんなお情けは、男の言いなりになって喜んでいる哀れな女にこそ、かけてあげるものよ。あなたの考えは暗黒時代そのままだわ。男は王様で妻は召し使い……」

「ひと晩じゅう、けんかでつぶすつもりかい？　さっきのことを根に持って、復讐する気だな？」

「そうよ、あたりまえでしょ！」ステイシーは言いつのる。「あんなこと、断じて許さないわ。たとえあのネックレスが以前のボーイフインドからの贈り物だったとしても、首にかけてるのをひきちぎる権利はないはずよ！」

「きみはぼくの妻だ、それを忘れるな」ポールは脅すように言った。「ほしいものはなんでも、ぼくが買ってやる。きみが持っていたものは、必要ならとり替えさせる。とにかく、ほかの男からのプレゼントを所持することは許さない。わかったね？」

「わたしの過去のすべてを告白させる気？　ほんの何回かのキス、たまのデートのあとのちょっとした押し問答――そんなことを聞き出したいの？　わたしはトリーシャの養育と生活費を稼ぐのに忙しくて、軽薄なお遊びにうつつをぬかしているひまなんてなかったわ」彼女は顔を上げ、挑むようなまなざしを彼にあてた。「もしも、わたしがあなたに、数えきれない女たちから贈られたプレゼントをすべて捨てろと言ったら、どうなさる？」

「頭文字の縫どりをしたハンカチーフ、有名デザイナーの特製ネクタイ、カフスボタン……。いやいや、冗談。贈り物をするのはつねにぼくのほうだった。提供された好意へのお返しにね」

そのような女が、いったい何人いたことだろう。ステイシーの怒りはしぼみ、代わりにみじめなむなしさがひろがった。「わたし、疲れたわ」弱々しいつぶやきをもらす。不意に、足が宙に浮いた。

「おろして！」彼の腕のなかでもがく彼女を、黒い瞳がじっと見おろしている。やがて彼女を抱きかかえたまま、彼は階段をのぼり始めた。「いやよ、ポール——よして！　今夜はだめ」

ベッドのそばまで行って、彼がおろすと、ステイシーは今いちど、最後の抵抗を試みた。「おねがい、今夜は……」その訴えも、あとは口のなかにくぐもって消え、彼の唇が、体の奥底に眠っていた炎をかきたてる。彼女ののどから、絶望のうめきがもれ出した。

ああ、どうしてこうもやすやすと、体は彼に屈服してしまうのだろう。頭とはまったく別個のもののように、肉体は彼のもとで気まぐれな反応を示す。もはや愚かなプライドはなんの支えにもならず、自分から腕をからめて彼にすがりついていた。

彼女の唇はむさぼるように彼を求める。同時に襲いかかる自己嫌悪も、やがて彼の情熱の高まりとともにぬぐい去られ、めくるめく世界にいざなわれていった。

眠りに落ちるまでのひととき、熱い涙が彼女の頰をぬらした。この愛に実りはないのだ。理性のささやきは、彼女のかぼそい肩に重くのしかかる。

それから一週間後の水曜日、ステイシーは街のブティックめぐりでもしようと、朝、九時過ぎに家を出た。連れがあるともっと楽しいのだが、友だちはみんな働いている時間だし、ポールの母親を誘うのは気がすすまない。

九月も終わりに近く、風はまだ冷たいけれど、さすがに日ざしはいくらか暖かみを感じさせる。街路樹の枝もぽつぽつ芽吹いて、やがてくる春を約束しているようだ。レールに車輪をきしらせて走る路面電車、ひきもきらない自動車の騒音が、バーク・ストリートを行くステイシーの耳に響いていた。

正午には、かなりの買い物包みをかかえ、最新流行のブーツをはいた足が痛くなる。おなかもすいてきた。そこで、近くのコーヒーショップに入った。

午後はさして収穫もなく、ぶらぶら歩きまわるうちに、三時ごろになって、とある店のウインドウに、ちょっとすてきな革のバッグを見つけた。さきほど買った靴に色がぴったりだ。手にとってみて、すぐに買うことにきめた。

その店を出たとたん、うっかり通りすがりの人にぶつかった。わびを言おうとして振り返る。と、なんと、あのクリスティーナ・グーランドリスだった。

「あら、ステイシー」クリスティーナはあでやかにほほえみながら、すばやく値ぶみするような視線を走らせる。「お買い物?」

「ええ、もう終わったところ」ステイシーが答えると、クリスティーナは大きく顔をほころばせた。

「ポールのお金をせっせと使っているわけね?」

「お言葉だけど、自分のお金よ」間違っても立ち話を楽しめる相手ではない。

「ポールと結婚したのは大当たりじゃなくって？　なにしろ、あれだけの金と力を持つ男ですものね」クリスティーナは軽い笑い声をあげ、急に目は意地悪く光った。「そのうえ、彼はなかなか……ストラディヴァリウスを弾きこなす音楽家みたいに、女を喜ばすことにかけても超一流なんだし。それはそうと、彼の過去の女関係が気にならない？」

ステイシーはなんとか唇に笑みを浮かべた。「気にしなくちゃいけないのかしら？」

「まあ、あきれた！　彼が浮気したってかまわないっていうの？　あらゆる種類の芳醇（ほうじゅん）な果物を食べてきた男が、そう長いあいだ、たったひとつの青いりんごだけで満足していられるとは思えないけど」

「りんごを一日に一個食べると医者はいらないって言うわ。おまけに、青いりんごは、歯ざわりがよくって、みずみずしくて——いささか熟れすぎた、こってりした味の果物に食べ飽きた口には、とてもさわやかで新鮮に感じられるものでしょ？」

クリスティーナの目に、むきだしの敵意がきらめいた。「よくおっしゃるのねえ！　恐れ入ったわ」

「あなたのお言葉にお返ししただけよ」

「あなた、すこしやつれたみたい。顔色もよくないし、目が落ちくぼんで……。ひょっとして、おめでたじゃない？」黒っぽい目が、ステイシーのほっそりとした体を無遠慮に眺めまわす。「もう二、三カ月もしたら、その体の線はどうなるかしらねえ！　元のようにポールとおつき合いできる日が待ちどおしいわ。わたし、彼とのことだったら、何もちゅうちょしたりしないわ」

ステイシーはむらむらと怒りがわきあがり、すぐにも別れなければ、爆発してしまうのがわかった。「せいぜいよろしくおやりになるといいわ、クリスティーナ。わたし、失礼します。あなたとお会いして楽しかったとは言えないけど、わかってくださるわね？」冷ややかに言い放って、一歩、横へずれる。

「ポールはわたしのアパートの鍵を持ってるのよ」クリスティーナはとどめの一言を投げつけた。

「あら、そう？　それはお気の毒さま」振り返りもせず、ステイシーはアーケードを表の通りへ向かって歩きだす。だが、思いもかけず後ろからひと突きされ、歩道につんのめった。かかえていた包みがあたりに散らばり、しばらくは呆然として立ちあがることもできない。

なんてことを！　あんまりだわ——それも公衆の面前で！　通りかかった親切な婦人が、助け起こし、荷物を拾い集めてくれるのに、小声で礼を言うのがやっとだった。頭のなかは麻痺したように、車を止めた場所も思い出せない。冷静さをとり戻すまで何秒かかかった。

ようやく自分の車に落ちつくと同時に、クリスティーナの悪意に満ちた言葉が頭によみがえった。この何日か心に巣食っていた疑いを、はっきりと表ざたにされたのだ。いくつか見逃せない徴候があった。クリスティーナが気がついたのなら、ほかのひとに知れるのも時間の問題だろう。やがてポールも――いつまで彼の目をごまかせるだろうか。体の線を知りつくしている彼のことだ、ウエストラインだけが太くなるのを、太ったと錯覚するようなことはよもや期待できない。

ほとんど無意識のうちに、ステイシーの車は、ずっと昔にかかった覚えのある医者の診察室へ向かっていた。そしてその足で、さっそく近くのクリニックへまわり、必要な検査を受けた。

家へ帰り着いたのは五時過ぎだった。買い物の包みを開け始めたとき、ポールが部屋に入ってきた。

「買い物に出かけたのかい?」

「ええ」ステイシーはそっけなく答えて、衣裳戸棚からハンガーを二つ、とり出す。

「なんだかいらいらしてるようだな」

「いいえ、ちっとも」

「ほんとうかい?」

「よしてよ、ポール」ステイシーはベッドの上にひろげたドレスをハンガーにつるす。彼が近づいてくる気配に、体じゅうの神経がちりちりと緊張し、彼の唇が首筋に触れると、彼不快さに胸が震えた。

「ふーん、すてきな香りだ。ゲランだろう?」

「知ってるくせに」

「ステイシー、その言いかたはなんだ?」彼は両手で彼女の肩をつかんだ。「怒った子猫みたいに毛を逆立てているぞ。どうした? 今日は何があったんだ?」

ステイシーは気持を落ちつけようと、深く息を吸いこんだ。「香水はシャマードよ」静かに答えると、彼の手がぐいと力をこめて締めつける。「痛いじゃないの!」

「ぼくがきいていることに答えないと、もっと痛い目にあわせてやるぞ」

「街でクリスティーナとぱったり会ったのよ」

彼の手は、いましがた締めつけていたあたりを、そっとやさしくなで始める。「それで?」

「彼女の言いぐさが、しゃくにさわったわけ」

「どんなことだ?」

ステイシーは恨みがましく彼をにらんだ。「胸に手をあてて考えればわかるはずよ! あなたの情事は数限りないんですって?」

「やれやれ、きみはやきもちをやいてるのかい?」

「まさか! 侮辱されるのが不愉快なだけだわ」

「クリスティーナがきみを侮辱した？」

ステイシーは答える代わりにため息をついた。「いいのよ。ほうっておいて、ポール。自分を守るくらい自分でできます」

彼はステイシーのあごを持ちあげ、探るようにじっと彼女の目をみつめた。「クリスティーナとぼくは、古くからの友だちなんだ」

「そのようね、彼女からうかがったわ」ステイシーは一瞬、目を伏せ、あらためて真っ向から彼を見返した。「あなたは彼女のアパートの鍵を返したんでしょうね？　それとも、まだ持ってるの？」

ふと、彼の目にいぶかるような光が宿り、やがて消えた。「鍵など持っていたことはない。女性をもてなすとき、場所はかならずぼくがきめる」

「そうでしょうとも。大金持のプレイボーイは、専用のアパートやマンションくらい持ってて当然よね。モーテルだっていくらもあることだし」

「ぼくに女出入りがあったことは認めてもいいが、きみが言うほど多くの情事をこなしていたら、とうてい実業界で名をなす時間はなかっただろう」

「それは供述、それとも告白？」

「どっちでもない。ぼくはだれに対しても答える気は毛頭ない」

「妻に対しても？」

「きみはとやかく言える立場じゃないよ」彼は低い声でなじるように言う。ステイシーは身をよじって彼の手から逃れた。

「わたし、シャワーを浴びて、着替えをします」彼女は震える手で下着とローブをとり出し、まっすぐバスルームへ向かった。

夕食のあいだじゅう、息づまるような緊張が続いた。ポールもほとんど黙りがちだったし、ステイシーにいたっては最後までひと言も口をきかなかった。彼女はまったく食欲がなく、料理の皿がさげられてつぎの料理が出されるたびに、ソフィが気を悪くしないよう、わびるまなざしを送ったが、結局うまくいかず、何もかもが、そしてまわりのすべてのひとたちが、自分にそっぽを向いているような気がした。

ようやく食事が終わると、ポールは仕事があるといって書斎にこもり、ステイシーは階下でニコスのステレオで音楽をかけた。ふだんなら、快い音楽に身をゆだね、頭から懸念をぬぐい去るのはわりあい簡単なのだが、今夜はあまりにもたくさんのことが頭に渦巻いている。わけても、妊娠という深刻な問題が。

明日になればはっきりする。けれども、それまで何時間も――そう、正確には十七時間、待たねばならない。そのあいだ、いったいどうやって過ごせばいいのだろう。やりきれない思いはつのるばかりだ。

落ちつけないままに、彼女は立ちあがってステレオを切り、テレビでも見ようとスイッチをひねり、チャンネルをぱちぱち切り替えてみたが、ついにそれもあきらめた。こんなときは読書のほうがいいのかもしれない。没頭できるような、おもしろい本があれば——そう思いつくと、本棚にかけ寄り、手あたりしだいに抜き出して、持てるだけ腕にかかえ、寝室へ引きあげた。

ベッドでいい本を読むのは、読書好きの人間にとって何よりの快楽だ。けれども、この夜のステイシーには、それさえ効き目はなかった。一時間ほど、うわの空で頁をめくっていたが、持ちこんだ本の山を床に落とし、手をのばしてスタンドの明かりを消した。

うつらうつらの夢に現れる影のようなものを、つかまえようとしては目がさめる。ポールがかたわらに寝入ったずっとあとまで、彼女は暗い天井に向かって目を見開いていた。頭のなかはよもやまの思いに乱れて、脈絡のつけようもない……。

10

ステイシーはゆっくりと受話器を戻した。疑いは現実のものになった。この二週間、心の底にくすぶっていた懸念が一挙に胸いっぱいにふくれあがり、状況の認識をうながす。今の世のなかで、避妊はもはや常識だというのに、いったいどうして、何か方法を考えなかったのだろう。どうしてこうもうかつだったのだろう。それにしても……。

こうなった以上、ポールに気づかれないでいられるのは、あと一カ月か、せいぜい二カ月。それから先は? 約束の二年間が終わるとき、赤ん坊は生後十四カ月になっているはずだ。どう楽観的に考えても、子供を連れて出るのをポールが承知するとは思えないし、置いていくのはわたしが耐えられない。むろん、中絶などは問題外だ。となると……。

ステイシーは長いため息をつき、全身を震わせた。とるべき道はひとつしかない。妊娠の事実をポールに悟られる前に出ていくことだ。そのためには、早いほどいい。

そう決心すると、二階の寝室へ戻り、衣裳戸棚から、結婚したときに自分で持ってきた衣類だけを選び出して、スーツケースに詰める。あの日から、まだ二カ月しかたっていない！

まっすぐ車で空港へ行き、最初の出発便に乗ることにしよう。行き先はどこでもいい、一刻も早くメルボルンを離れるのだ。便箋に短い書き置きをしたため、化粧台の鏡に立てかけると、見おさめに部屋をひとわたり眺めてから、スーツケースをさげて、階下へおりていった。

「ステイシー、出かけるの？」

ぎくりとして、心臓が止まりそうになる。だが、すぐに表情をつくろった。「ニコス！帰っていたのね？　夕方になると思ってたわ」

ニコスはちらっとスーツケースに目をやり、それからステイシーの顔を見た。「スポーツの予定が中止になったんだ。夕方までぶらぶらしててもしようがないから、パパに電話で断って、タクシーで帰ってきたんだよ」そして、かすかに顔をくもらせる。「どうしたの、ステイシー？　どこへ行くの？」

「ああ、これね？」ステイシーはスーツケースを持ちあげてみせ、にっこりと笑った。「チャリティに出そうと思って。さっきまで、衣類の整理をしてたのよ。これから救援事務所の窓口に届けに行くの」

ニコスの表情は晴れた。「よかったら、ぼくも乗っけてってくれる？」

「ごめんなさい、ニコス、ちょっと時間がかかりそうだし、ついでにお買い物もしたいから……」

ニコスは軽く肩をすくめた。「オーケー。じゃ、帰ってくるのは夕方だね？」なぜか念を押すようにきく。

「ええ」あいまいな答えを笑顔で補い、ステイシーは勇気を奮い起こして玄関のドアへと歩きだす。外に出ると、足早にガレージに向かった。

どこか落ちついて考えごとができる場所はないかしら。飛行機に飛び乗るよりも、さしあたっては乱れた感情を整理し、周到な計画を立てる必要がある。ポールに居所をつきとめられないように、うまく足跡をくらますことを考えなければ。そのための時間がほしい。

突然、ベレアリンのビーチハウスが頭にひらめいた。あそこなら車で一時間くらいの距離だし、ポールもまさか自分の別荘に彼女が逃げこむとは思わないだろう。幸い、結婚して半月ほどたったころにポールが渡してくれた鍵束(かぎたば)のなかに、ビーチハウスの鍵もついていた。

とりあえず行き先がきまると、ステイシーは自分の車を運転してプリンス・ハイウェイへ向かい、追われるようにスピードを上げた。あの書き置きを見てポールがどう反応するか、そんなことはなるべく考えたくなかった。ニコスについては、実の弟を見捨てるような気がして、良心が痛んだ。

ベレアリンまで、どこをどう走ったかほとんど覚えていない。横なぐりの風が、潮のしぶきと雨をのせて、海側からどっと吹きつけてくる。私道に乗り入れ、ガレージの前に車を止めて、鍵束をまさぐる。ガレージの鍵を探しあてるのに何分もかかった。

身を切るような冷たい風にさらされながら、スーツケースを持ってビーチハウスへ。そして背中でドアを閉めると、ようやくほっとひと息ついた。家のなかは、家具にいくらかほこりがつもっているほかは、まったくこのあいだ来たときのままだった。

家の裏手にあたる寝室にスーツケースをほうりこむ。無意識のうちに、いつもポールと一緒に使っていた部屋は避けていた。

冷えきった腕をさすり、セントラル・ヒーティングのスイッチを探しまわったが、どうしても見つからない。ラウンジには暖炉があるが、使える状態なのか、薪の用意があるかどうかもわからない。

せめて熱いコーヒーでも飲もうとやかんを火にかけたとたん、おなかの虫がぐーと鳴いた。そういえば、今日は朝食を軽く食べただけなのだ。

スクランブル・エッグをトーストにのせて食べると、いくらか人心地がついた。ラウンジの椅子にすわり、砂糖をたっぷり入れたコーヒーをすすりながらテレビを見る。けれども、画面に集中することはできず、一時間後にはスイッチを切って、じっともの思いにふけった。

突然、けたたましく電話のベルが鳴りだし、ステイシーは思わず飛びあがった。半分浮かしかけた腰をまた落ちつけて、ベルがやむのを待つ。

きっとポールだわ。書き置きを読んだのかしら。腕時計を見ると八時過ぎだ。たぶん、彼が家へ帰ってから一時間半くらいたっている。そのあいだ、彼は何をしただろう。食事をして、トリーシャに電話したかもしれない。そのあとは？　家出を黙認するとは思えないが、どうやって探すつもりだろう。警察――まさか！　私立探偵？　だとすると……。

ステイシーの頭はめまぐるしく回転して、対策を練り始める。明日の朝、バスでメルボルンへ戻り、フリンダース駅から鉄道を利用してアデレードまで行って、そこからシドニーへ飛ぶことにしよう。ひとまず大都会の片隅に身を隠し、将来のこと、生まれてくる子供のことを考えよう。たぶん最終的には、タスマン海峡をこえてニュージーランドへ渡り、オークランドあたりに落ちつくのがいいかもしれない。もちろん、元の姓に戻って。

ああ、疲れた！　だけど、寝る支度をするのはおっくうだ。ここでひと寝入りして、それからベッドに入ることにしよう。彼女はため息をついて立ちあがり、戸棚から毛布を引っぱり出すと、ソファの肘掛けにクッションをあてて横になった。

けれども、眠りのなかにも救いはなかった。結婚して以来の、さまざまな受けいれがたい出来事の記憶が、万華鏡のように意識に渦を巻く。ポールの呼ぶ声にうめきをあげ、あざ笑うようにのしかかる黒っぽい姿から逃れようと身をもだえた。

「いやよ！　あなたのものにはならないわ！」

はっと目ざめると、自分の声がはっきり耳に残っている。ほんとうに声を出して叫んだのかしら？　初めはゆっくりと、それからあわただしくまばたきをして、悪夢の残像を追い払おうとする。ふと気がつくと夢の続きのように、自分を責めさいなんだ男の姿がドアのところに立っていた。

「ポール？」幻覚を見ているのだろうか。それにしてはこんなにまざまざと……。ステイシーはソファに起き直り、愕然（がくぜん）として目を大きく見開いた。「ポール、わたしがここにいるって、どうしてわかったの？」かすれた声でつぶやく。

彼の表情からはなんの感情も読みとれない。じれったい思いで、ステイシーは無意識のうちに下唇の内側に舌を遊ばせながら、彼が口を開くのを待った。

「消去法だよ」答えはそっけなく、声にはかすかに疲労の色がこもっていた。

ふたたび沈黙。ステイシーの神経は耐えきれず、悲鳴をあげそうになる。「すこし前の電話——あれ、あなただったの？」

ポールは黙ってうなずいた。「家出をしようというからには、いても電話には出ないだろう。そう思ったから、この近くに住む友人に電話して、ようすを確かめた」

そんなに簡単なことだったのか！　ヒステリックな高笑いがこみあげてくる。念には念を入れて慎重を期したつもりの計画がこのざまだ。

「わたしは本気よ、ポール」彼の視線を見返して、やがてステイシーはきっぱりと言った。

「あの短いメモのことか」彼はからかうように一方の眉を上げ、ゆっくりとソファのそばまで足をはこんだ。「ぼくがどんな男かわかってるはずだ。簡単に姿をくらませると思ってたのか？」

「債務の完全履行がそんなに重大なのなら、わたし、一生かかってもお返しします。だけど、あの家へは戻らないわ」

「期限は二年という約束だった、そうだろう？」

ステイシーは、みぞおちのあたりがひきつるような恐怖を覚えた。「あんなの、口約束だわ。法律上、どこまで効力があるものかしらね」

「ぼくは最高の弁護士団をかかえている。きみのほうはどうかね？」彼は冷ややかに、平然として答える。やりきれない怒りにかられて、ステイシーは立ちあがった。

「どうとでも気のすむようにするといいわ、ポール。わたし、ほんとにもう、どうなってもかまわない」そう言い捨てて、ドアのほうへ歩きだそうとする。

彼がその腕をとらえた。「ぼくが頼んでも――ニコスのために、戻ってくれと頼んでもだめかい？」

ニコスの名を出されると、ステイシーの心はゆれた。けれども、ここで弱気を見せるのはプライドが許さない。涙を抑えるのに目が痛んだ。「ニコスはとてもよくわかった、心の広い少年だわ。あなたから話して聞かせれば、きっと理解してくれるはずよ」

「何を話せばいいんだ、ステイシー?」

「スーツケースをとってきます」ステイシーはかたくなに言った。「今夜はホテルに泊まるわ」

永遠に続くかと思われる長い沈黙が流れた。ステイシーは身動きもできず、じっと突っ立ったまま、まるで絵のなかの情景のように感じていた。

「ここに泊まりなさい」やがて、ようやくポールが口を開いた。ステイシーはつんと頭を起こす。彼の目には明らかに痛みの色が表れていた。

「あなたのお世話にはなりません。離婚の手続きさえしてくれれば。必要な書類には無条件でサインします。わたしへの支払いは——法律用語ではどういうの? 扶養料?——そういったものはいっさいいらないわ」

「ぼくが承知しなかったら?」

「たとえ払ってくださっても、わたしは絶対に手をつけません!」ステイシーはむきになって叫ぶ。

「離婚はしないよ、ステイシー」彼の言葉には反論を許さぬ厳しさがあった。ステイシーは彼の手が握りしめている腕をよじって、振り放そうとした。

「あなたとは一緒にいたくない——いられないのよ」あとのほうの言葉はよけいだったと気がついたが、すでに遅かった。

「いられない？　どうして？」

「いやなのよ」ステイシーはあわてて打ち消しながら、刺し通すような彼の黒い目を見返す勇気はなかった。

「〝いられない〟と〝いたくない〟では意味が違う」ポールは追及してくる。

「そんな、言葉なんて、腹が立ったときには……」言いわけをしかけたとき、ふいに彼の指が、腕に深く食いこんだ。「ポール、痛いじゃないの！」

「ステイシー、子供ができたのかい？」

否定しようとした矢先、逆の言葉が口をついた。「そうよ、あなたのせいだわ！」苦しまぎれに叫び、怒りに燃える目をひたと彼に向ける。「あなたの性的能力の証を宿してるのよ。ご満足、ポール？」

「家を出た理由はそれだったのか？　おい、ステイシー——答えるんだ！」

ステイシーはしばらく黙って彼を見あげていた。「今、妊娠七週間なの。朝のうちは気分が悪いし、ウエストのきついものは着ていられないわ。あとどのくらいであなたは気がついたかしらね。一週間——二週間？」

「それをぼくに言わずに、きみは逃げ出した。これからどうするつもりだった？　中絶かい？」

「とんでもない！」

「とすると、養子に出すのかい?」

「そんなこと、できると思って?」ステイシーはきき返す。ふいに涙があふれて、視界がくもった。「あなたには、絶対に知られたくなかった」彼の顔もぼやけて見えなくなる。

「お金の力で説得しようとしても無理よ。わたしは子供を手放さないわ」

彼の顔色は青ざめ、筋肉はこわばって表情を隠している。「法廷にかければ、養育権は間違いなくぼくにおりる。片親として、きみにできる以上のことを、ぼくがしてやれるのは明らかだからね」

ステイシーは、真っ暗なほら穴に突き落とされるような気がした。「あなた、わたしと争うつもり? そんなに……そんなにわたしが憎いの?」

「きみにいてほしい」

気が遠くなりそうだ。細い糸にすがるように、ステイシーはかろうじて意識を保っていた。「あなたを信用できて? 赤ん坊が生まれたあと、わたしが連れて出ていくのを許してくれるなんて、考えられないわ」涙のつぶが頬をつたい、あごの端からこぼれ落ちた。

「ぼくがきみを追ってきたのはなぜだと思う?」だしぬけに、ポールは厳しい口調できいた。

「わたしを連れ戻して、契約の残りの二十一カ月と二週間を完了させるためでしょ! ほかにどんな理由があるというの?」

「たかが二、三千ドルの金に、ぼくがそれほど執着すると思うのかね？」

「五、六千ドルだわ」

彼はくぐもった笑い声をもらした。「たとえその百倍でも、ぼくは金のために気のすまない結婚はしないよ」

ステイシーは涙をぬぐい、彼の表情をうかがった。胸の底に小さな希望の火がともり、しだいにふくらんでくるのを抑えることができない。「それ、どういう意味？」

「きみはいきなりぼくのオフィスに乗りこんできて、妹と関係を持ったといってぼくを非難し、侮辱する言葉を浴びせ、顔をひっぱたいた――わずか何分かのあいだにね。ぼくはあのとき、そんなきみに腹が立つのと同時に、強くひきつけられたんだ」

「ポール……」

「たしかにぼくは、女に関してはさめてるし、懐疑的だった」深い光をたたえたまなざしは、彼女の目をひたととらえる。「しかし、あの瞬間、ぼくは恋におちた。どんなことをしても、きみを自分のものにしたい――そう、結婚をもいとわない気持になっていた」彼は自嘲するような笑い声をあげた。「そこまで考えたことはかつて一度もなかったんだがね」

「だけど、あなたはわたしを憎んでたじゃない？」ステイシーは頭がすっかり混乱していた。

「怒りだよ。実際、ときにはしゃくにさわった」ポールは苦笑する。「だが、憎しみとは違う」

「どうしてそう言ってくれなかったの?」

「言ったつもりだがね。きみに触れるたびに、唇で、体全体で、伝えたつもりだった」

「それは……女性の扱いに慣れてるだけのことだと思ってたわ」

「あまたの経験と、果てしない欲望かい?」

ステイシーはぽうっと頬を染めた。「ええ」恥ずかしいけれど、彼から目をそらすことができない。

「きみは経験不足で、違いがわからなかったんだな」ポールは、やさしい声でなじるように言った。

「わたしを愛してる?」ためらいがちに、小声できいてみる。心はすでに翼をひろげて、舞いあがる準備を始めている。

「ああ、もちろん。きみがほかの男に――自分の息子といえどもだよ――目をやるのを見るたびに、嫉妬(しっと)にかられるほどだった」

「え? ニコスに?」

「そうなんだ」彼はかすれた声で答える。ステイシーの目に、いたずらっぽい光が躍った。

「まあ、ポールったら!」彼を軽くにらむ。「ニコスはチャーミングな少年だし、一緒にいると、とても楽しいの。わたし、大好きよ」

「その父親はどうだい？」

ステイシーはすばやく口調をあらためた。「答えはきかなくてもわかってると思うけど」

「しかし、きみはぼくから逃げようとした」彼の声には心の痛みがにじんでいた。

「わたし、二年間ということを考えたの。そのあいだには、どんなことでも起こりうる——あなたがわたしを愛してくれるかもしれないと思ってたわ」彼の表情をみつめ、なんとかわかってほしいとねがいながら、ステイシーは静かに話を続けた。「だけど、妊娠してるとわかったときはショックだった。このままあなたと暮らして、二年後に子供を残して別れるなんて、とうてい耐えられない。あなたが妊娠に気づく前に出ていくほかはないと思ったの。そうすれば、別れたあとも、わたしたち二人のもの、あなたを思い出させてくれるものを、ずっと手もとに置いておけるんですもの」

「あの書き置きを見たとき、ぼくは気が狂いそうだった。手あたりしだい、あちこちに電話をかけて——その間も、きみが飛行機に乗ってどこか遠くへ行ってしまうのではないかと、気が気じゃなかった。そうなると、探すのにうんと時間がかかる」そこまで言うと、彼はギリシア語で何か短い呪い(のろ)の言葉をもらした。「もう二度ときみを放さないよ」彼の両手がやさしく彼女の肩を抱く。ステイシーはその手にそっと唇を押しあてた。

つぎの瞬間、力強い両腕がひしと彼女をかき抱いた。むさぼるように求める熱い唇に全身で応(こた)えながら、彼女の心は天高く舞いあがった。

「ねえ、ポール。ひとつきいていい?」

彼は彼女の首筋から頭を起こした。「エレニのことかい?」

ステイシーはうなずく。「でも、話したくないんだったら……」

「彼女はとても若かった。十八になったばかり――ぼくは二歳、年上だった。ともに両親はギリシアからの移民でね、苦労して財をなし、共同の事業を起こした。エレニはひとり娘だったから、親としては後継ぎになる同じギリシア系の男と結婚させたい。それにはぼくをおいてほかにいる?」ポールはちょっと肩をすくめた。「ぼくたち二人はお互いに好き合っているし、年の頃もいい、会社も同族経営を続けられるわけだ。ぼくは心の底から彼女を愛していた。ニコスが生まれてまもなく、彼女が死んでしまったときには、自暴自棄に陥った。あんなにも若く、生きる喜びに満ちあふれていた人間が、あっけなく命を奪われてしまう……。それ以来、ぼくは仕事に没頭し、ほかの時間はひたすら息子のため、それだけを考えて生きてきた。たしかに女友だちはいた――それは否定できない。しかし、結婚したいと思ったことはいちどもなかった。きみに会うまではね」彼はかすれた声で笑い、そっと頭を傾けて、彼女にキスをした。「愛してるよ。きみを見てると、じっとしていられなくなる」

「わかってるわ」ステイシーは茶々を入れた。

「そうかい？　だったら、これからどうする？」

「メルボルンへ帰ってもいいし、でも、もう遅いから、ここへ泊まって、明日、戻ってもいいわね」

「こいつめ！　ぼくは今夜また車を運転して帰るのはごめんだよ」

「ほんとに？」

答える代わりに、彼は笑顔を浮かべる。その顔がぐっと傾いたかと思うと、ステイシーの体は彼の腕に抱きあげられていた。

「あなたはわたしの命」彼の首に顔をうずめて、ステイシーはささやく。「わたし、最初に会ったときからあなたを愛してたのね。ただ、無意識のうちに、認めたくない感情が働いて、必死で逆らってたんだわ」

ポールはベッドのそばへそっと彼女をおろすと、顔を両手ではさんで、軽くゆさぶった。

「もう、けんかはなしだね？」

「あなたしだいだわ、ポール。あんまり横暴だと、わたし、黙ってません」

「その逆の場合はどうだい？」

「それなりの罰を与えていいわよ」ステイシーはいたずらっ子のようにウインクをする。不意に、たくましい腕に抱きしめられ、驚きの声をあげる。つづいて情熱的なキス。彼女の目はうるみ、きれぎれの吐息がもれた。

「これで誤解はすっかりなくなったね」ポールはやさしく語りかけた。「ぼくたちの未来には、幸せが待っている」

「そうだといいわね」

「ぼくは誓うよ。それを証明するために、ぼくの生涯をささげよう」

●本書は、1982年12月に小社より刊行された作品を文庫化したものです。

ある出会い

2025年2月15日発行　第1刷

著　　者／ヘレン・ビアンチン
訳　　者／本戸淳子（ほんと　じゅんこ）
発 行 人／鈴木幸辰
発 行 所／株式会社ハーパーコリンズ・ジャパン
東京都千代田区大手町1-5-1
電話／04-2951-2000（注文）
0570-008091（読者サービス係）
印刷・製本／中央精版印刷株式会社
表紙写真／© Miramisska | Dreamstime.com

ISBN978-4-596-72394-9

2月13日発売

ハーレクイン・シリーズ 2月20日刊

ハーレクイン・ロマンス

愛の激しさを知る

記憶をなくした恋愛0日婚の花嫁 リラ・メイ・ワイト／西江璃子 訳
《純潔のシンデレラ》

すり替わった富豪と秘密の子 ミリー・アダムズ／柚野木　菫 訳
《純潔のシンデレラ》

狂おしき再会 ペニー・ジョーダン／高木晶子 訳
《伝説の名作選》

生け贄の花嫁 スザンナ・カー／柴田礼子 訳
《伝説の名作選》

ハーレクイン・イマージュ

ピュアな思いに満たされる

小さな命を隠した花嫁 クリスティン・リマー／川合りりこ 訳

恋は雨のち晴 キャサリン・ジョージ／小谷正子 訳
《至福の名作選》

ハーレクイン・マスターピース

世界に愛された作家たち
～永久不滅の銘作コレクション～

雨が連れてきた恋人 ベティ・ニールズ／深山　咲 訳
《ベティ・ニールズ・コレクション》

ハーレクイン・プレゼンツ作家シリーズ別冊

魅惑のテーマが光る極上セレクション

王に娶られたウエイトレス リン・グレアム／相原ひろみ 訳
《リン・グレアム・ベスト・セレクション》

ハーレクイン・スペシャル・アンソロジー

小さな愛のドラマを花束にして…

溺れるほど愛は深く シャロン・サラ他／葉月悦子他 訳
《スター作家傑作選》

既刊作品

「とぎれた言葉」

ダイアナ・パーマー　　藤木薫子　訳

モデルをしているアビーは心の傷を癒すため、故郷モンタナに帰ってきていた。そこにはかつて彼女の幼い誘惑をはねつけた、14歳年上の初恋の人ケイドが暮らしていた。

「復讐は恋の始まり」

リン・グレアム　　漆原　麗　訳

恋人を死なせたという濡れ衣を着せられ、失意の底にいたリジー。魅力的なギリシア人実業家セバステンに誘われるまま純潔を捧げるが、彼は恋人の兄で…!?

「花嫁の孤独」

スーザン・フォックス　　大澤　晶　訳

イーディは5年間片想いしているプレイボーイの雇い主ホイットに突然プロポーズされた。舞いあがりかけるが、彼は跡継ぎが欲しいだけと知り、絶望の淵に落とされる。

「雪舞う夜に」

ダイアナ・パーマー　　中原聡美　訳

ケイティは、ルームメイトの兄で、密かに想いを寄せる大富豪のイーガンに奔放で自堕落な女と決めつけられてしまう。ある夜、強引に迫られて、傷つくが…。

「猫と紅茶とあの人と」

ベティ・ニールズ　　小谷正子　訳

理学療法士のクレアラベルはバス停でけがをして、マルクという男性に助けられた。翌日、彼が新しくやってきた非常勤の医師だと知るが、彼は素知らぬふりで…。

既刊作品

「和解」

マーガレット・ウェイ　　中原もえ　訳

天涯孤独のスカイのもとに祖父の部下ガイが迎えに来た。抗えない彼の魅力に誘われて、スカイは決別していた祖父と暮らし始めるが、ガイには婚約者がいて…。

「危険なバカンス」

ジェシカ・スティール　　富田美智子　訳

不正を働いた父を救うため、やむを得ず好色な上司の旅行に同行したアルドナ。島で出会った魅力的な男性ゼブは、彼女を愛人と誤解し大金で買い上げる！

「哀愁のプロヴァンス」

アン・メイザー　　相磯佳正　訳

病弱な息子の医療費に困って、悩んだ末、元恋人の富豪マノエルを訪ねたダイアン。3年前に身分違いで別れたマノエルは、息子の存在さえ知らなかったが…。

「マグノリアの木の下で」

エマ・ダーシー　　小池　桂　訳

施設育ちのエデンは、親友の結婚式当日に恋人に捨てられた。傷心を隠して式に臨む彼女を支えたのは、新郎の兄ルーク。だが一夜で妊娠したエデンを彼は冷たく突き放す！

「脅迫」

ペニー・ジョーダン　　大沢　晶　訳

18歳の夏、恋人に裏切られたサマーは年上の魅力的な男性チェイスに弄ばれて、心に傷を負う。5年後、突然現れたチェイスは彼女に脅迫まがいに結婚を迫り…。